Gabriela Meyer

Leonidas

Eine deutsch-jüdische Erzählung

Gabriela Meyer

Leonidas

Eine deutsch-jüdische Erzählung

TRIGA – Der Verlag

Bibliografische Information der Deutschen Nationalbibliothek
Die Deutsche Nationalbibliothek verzeichnet diese Publikation in der Deutschen Nationalbibliografie;
detaillierte bibliografische Daten sind im Internet über http://dnb.d-nb.de abrufbar.

1. Auflage 2011

Feldstraße 2a, 63584 Gründau-Rothenbergen
www.triga-der-verlag.de

Coverbild: Gabriela Meyer

Druck: Druckservice Spengler, 63486 Bruchköbel
Printed in Germany

ISBN 978-3-89774-785-2

INHALT

Die Vergangenheit
hat mich gedichtet
ich habe
die Zukunft geerbt.
Mein Atem heißt
Jetzt

Rose Ausländer

Angekommen.

Der Himmel erstreckt sich ins Unendliche, wolkenlos, coelinblau, wie bei Magritte.

Hochsommer, warm, zwei Monate nach Beginn des Libanon-Kriegs.

Sonntag. Henrietta ist vor einer Stunde in Heathrow gelandet. Auf dem Weg zur Ankunftshalle entnimmt sie der Flugtafel eine Verspätung seiner Maschine um dreißig Minuten. Innerlich noch unterwegs benötigt sie diese Zeit, um anzukommen, nachzufolgen, sich einzuholen, um da zu sein.

In der Cafeteria durcheilen ihre Gedanken den großen Umweg, der ihrer Begegnung vorausging, wie viele Zufälle! Vor wenigen Wochen rief sie ihn an, an ihrem Geburtstag. Sie verabredeten ein Treffen in London.

Als die Landung angekündigt wird, eilt sie in die Ankunftshalle zurück. Dort ein rauschendes Meer von Menschen, Fahnen und Schildern. Eine Gruppe orthodoxer Juden tänzelt freudig in langen Kaftanen und mit ihren Streymel um den Köpfen herum, als würden sie die Ankunft ihres Rabbis erwarten ... und da strömen sie schon, die Passagiere der EL-AL-Maschine. Sie spürt ihr pochendes Herz, ein Anflug von Angst, Veränderung ihrer bisherigen Begrenzung, als ihr ein hochgewachsener, schlanker Mann mit leicht ergrauten Haaren auffällt. Sein Blick wandert suchend durch die Menge. Sie geht auf ihn zu

»Nathan!«

»Henrietta!«

Wortlos blicken sie einander an, ein leises Lächeln, eine zaghafte Umarmung.

Alle um sie Statisten ihrer Begegnung.

Sie hatten ihre Zimmer im selben Hotel reserviert. Im Taxi studiert sie verstohlen sein Profil, ertastet seine Gegenwart mit ihren Gefühlen. Vor kurzem noch abwesend, jetzt eine neue Anwesenheit, ein neues Selbstverständnis.

Am Nachmittag sitzen sie in der Lounge einander gegenüber. Schweigend betrachten sie ihre Gesichter, als suchten sie, in der Partitur des anderen Lebens zu lesen.

»Diese Augen!«

Dann erzählt sie.

ERSTER TEIL

Sein Lächeln war es, sein seltenes Lächeln.

Nichts konnte dieses ungewöhnliche Lächeln trüben, das sein Gesicht erhellte, wenn er für mich in meiner Kindheit mit seinen Ohren wackelte. Ein einzelner Sonnenstrahl, ein Lichtschimmer, erwärmte sein sonst ernstes und trauriges Gesicht. Wie verzaubert wirkte er dann, entspannt, freute sich über meine Begeisterung und mein Lachen. So kommunizierten wir schon bei unserer ersten Begegnung – über die wackelnden Ohren.

Lange wartete ich in meinem Leben auf dieses Lächeln, auf seine Worte, auf seine Zeilen ... Später glaubte ich, er habe das Schweigen erschaffen und meine Mutter das Weinen. Dann wies er zuweilen mit der rechten Hand an seinen Kopf und sagte: »Schau mal ...«, und seine großen Ohren begannen zu tanzen ... Ich lachte ihn an, der Bann war gebrochen. In seinem entspannten Gesicht leuchtete ein Sonnenstrahl, der einen Einblick in seine sonst versperrte Seele ermöglichte: eine kindliche Freude, etwas Schelmisches, Unsicheres, Hilfloses, auch etwas Weises und Lustvolles und etwas von einem Geheimnis wurden wahrnehmbar.

Es war im Sommer 1946 auf der Ben-Yehuda-Straße in Tel Aviv, da holte mich meine Mutter mit einem fremden Mann aus dem Kindergarten ab. Sie trug ein hellblaues Sommerkleid mit einem weiten Glockenrock, der sich beim Gehen wie Wellen bewegte, und einen breiten dunkelblauen Strohhut.

Neben ihr ein braungebrannter Mann in englischer Tropenuniform mit Offiziersmütze, kurzen Ärmeln, knielangen Hosen und kniehohen weißen Strümpfen. Viele so gekleidete Männer, auch Frauen, liefen damals im Land herum. Er war etwas kleiner als der Mann, der bei uns zu Hause lebte und der die gleiche Uniform und Mütze trug.

»Das ist dein Papa ...«, sagte meine Mutter.

›Papa? Was ist das?‹, dachte ich.

Ich kann mich nicht erinnern, wann und wie das Wort ›Papa‹ in meinen kindlichen Sprachschatz geraten ist. Ich hatte anfangs auch Schwierigkeiten, ihn so zu nennen, blieb mitten im Wort hängen ... Mit seinem Erscheinen brachte er meine bisherige Welt durcheinander. Ich guckte ihn an, bekam Angst vor seinem ernsten Gesicht. Es war eine unheimliche Stille um ihn, dann sagte er:

»Unser Kind, wie groß sie ist!« Er nahm seine Mütze, klemmte sie unter seinen Arm, beugte sich zu mir und nahm mich hoch. Die Mütze fiel, seine kräftigen Arme wirkten unbeholfen, etwas knöchern. Ich wollte herunter, aber dann kitzelten mich die Haare auf seinen Unterarmen, ich musste lachen. Da lächelte auch er und sagte plötzlich: »Schau mal ...«, und wackelte mit seinen großen Ohren ... Das hatte ich noch nie gesehen, es wirkte so komisch, einige Sekunden vergingen und plötzlich lachten wir alle. Dann drückte er mich behutsam an sich und sagte kaum hörbar »... Henny!«

Er hatte damals kaum die Chance, bei mir anzukommen, neben meiner Mutter, die ich über alles liebte und die meine ganze Welt besetzte. Sie war immer da gewesen, gab mir viel, viel von allem, kraulte mir abends im Bett meinen Kopf, während sie mir Andersens oder Grimm'sche Märchen vorlas, bis ich neben ihr oder mit meinem Kopf auf ihrem Bauch einschlief. Ich liebte den Geruch ihres Körpers, immer duftete sie gut. Ich fühlte mich von ihr sehr geliebt und liebte diese damals strahlend schöne Mama. Ich glaube, dass sie sich auch geliebt gefühlt hat, nicht nur von mir, auch von dem Engländer, der bei uns wohnte. Dass es irgendwo – weit weg – einen anderen Mann gab, der sie auch liebte, irgendwo im fernen, damals finsteren Europa, einen, den sie ›mein Mann‹ oder ›dein Papa‹ nennen konnte, das entzog sich meiner kindlichen Vorstellungskraft. Ich erinnere auch nicht, je zuvor ein Foto von ihm gesehen zu haben.

✶

Vor vielen Jahren war es. In einem Schrank in unserem Gästezimmer befand sich ein großes Bündel Papiere, zusammengehalten durch den Gürtel eines alten Burberry-Mantels. »Es sind wichtige Unterlagen, schmeiße sie nie weg«, sagte mein Vater oft. Viele Jahre lag es schon da, unbeachtet, jetzt nahm und öffnete ich es und benötigte Platz, mich mit den Unterlagen auf dem Boden auszubreiten. Ich beugte mich darüber wie ein Pirat über eine Schatzkiste. Unsere Katzen spazierten über das Papier und rochen an den vergangenen Zeiten. Es waren Dokumente, Urkunden, Fotos, Briefe, teils vergilbt und eingerissen, teils schon von meinem Ururgroßvater stammend. Manches konnte ich nicht entziffern, auch mit der Lupe nicht. Die sehr alte deutsche Schrift konnte ich nicht lesen.

Einige Male erbat ich Hilfe von Freunden, einmal die Übersetzung von einem Judaistik-Fachmann. Manchmal schnürte ich das Bündel wieder zu und verlor die Lust weiterzumachen, denn die Beschäftigung mit der Vergangenheit nahm alsbald einen großen Raum in meinem Alltag ein, der meist nur wenig Zeit zur Muße erübrigte. Das Interesse ließ mich nicht mehr los, ich wurde immer neugieriger. Viele Abende, Wochenenden, auch Ferien, nutzte ich, um meine Erkenntnisse zu vertiefen. Die Nächte wurden immer kürzer, doch es war zu spät zur Umkehr. Mein Interesse, meine Neugier waren geweckt, es fügten sich wie ein Puzzle neue Namen, Bilder, Landschaften, neue Menschen, Schicksale, Überlieferungen, Erzählungen und Legenden. Plötzlich entdeckte ich eine neue Möglichkeit, mehr über meinen Vater zu erfahren, seine Familie, seine Heimat, seine Vorfahren in Pommern, die Menschen, die ihn umgaben, die Schicksale seiner Geschwister und über sein eigenes Leben, seine eingebrochene Kindheit, Glücks- und Unglücksabschnitte in seinem Leben, seinen Verbleib während der beiden Weltkriege und über die Jahre meiner Eltern miteinander, bevor sie mich bekamen. So wurden die frühen Morgenstunden zu einer privaten Séance, in der ich meinen Vater zu mir erdachte, indem ich ihm in meinen Gedanken begegnete, und ich fing an zu fragen. Ich wollte noch mehr wissen, als damals während unserer ersten Spaziergänge im Wald, nach dem Tod meiner Mutter, als es zur Renaissance unserer Beziehung kam.

Jetzt fragte ich ihn:

›Wer bist du, wer bist du wirklich? Dein wahres Selbst?!‹

Wann warst du glücklich in deinem Leben? Als du heiratetest und deine Familie unglücklich über deine Wahl war? Vielleicht auch schon vorher im Studium während deiner Sturm-und-Drang-Jahre? Oder später, als du Nazi-Deutschland entkamst? Vielleicht viel später, als du mich in Uniform sahst? Jetzt erinnere ich auch dein Schweigen früher in meiner Kindheit, diese permanente Stille um dich, die keineswegs entspannt wirkte.

Als Kind habe ich dich oft schreiend erlebt. Manchmal hattest du nachts Angstträume und schriest: »Hilfe!« Warum schriest du? Was fühltest du? Hast du gelitten? Du sprachst nie darüber und ich erinnere mich an die Angst, die ich vor dir hatte, vor deinem ernsten Gesicht. Oh ja, da fällt mir ein, später, viel später warst du einmal glücklich: an deinem letzten Geburtstag. Das war vor kurzer Zeit. Du sprachst über die Nähe, die wir zueinander fanden in den letzten Jahren, und warst glücklich über die Möglichkeiten, miteinander zu reden.

Aber da sprachst du auch schon vom Tod.

In den darauffolgenden Monaten habe ich meinen Vater viel gefragt, manches schrieb ich auf. Und er antwortete immer – ohne Angst, unprätentiös, als habe er auf die Fragen gewartet. Ich fühlte sein Bemühen um Ehrlichkeit, auch seinen Willen. »Wann immer du möchtest, frage mich, ich helfe dir.«

Ich würde dich gerne noch mehr fragen: Warum ich keine Geschwister habe, und warum die Verwandtschaft auf vier Kontinente verstreut ist, auch die Gräber.

Deine Geschichte ist dein psychologisches Erbe, somit auch meine Geschichte. Ich möchte aus den Mythen meiner Kindheit raus, das Schweigen brechen. Ich möchte deine, eure, meine Geschichte kennen, mehr wissen in der Suche nach meiner Identität als ›halbe‹ Jüdin.

Gott ruft,
Den einen mit einem Schrei
Den anderen mit einem Lied
Und den Nächsten mit einem Flüstern.
RABBI NACHMANN AUS BRATISLAVA

Wir saßen in unserer Küche. »Erzähl«, bat ich meinen Vater.

»Wo soll ich anfangen? Am besten chronologisch. Ich erzähle dir die Geschichte meiner Familie, soweit ich sie kenne.

In den Unterlagen, die im Gästezimmer aufbewahrt sind, befinden sich einige Urkunden meines Ururgroßvaters Joachim. Er wurde 1769 in Berlin geboren. Es ist dasselbe Jahr, in dem Napoleon auf Korsika geboren wurde. Seine beiden Schwestern Marianne und Sara waren später in der ›Rahel-Zeit‹ in Berlin ›Salonieren‹: Sie führten einen literarischen Salon. Joachim lebte mit seiner Frau und fünf Kindern in Berlin, wo die Familie bereits in dritter Generation eine wichtige Rolle im Wirtschafts- und Kulturleben innehatte. Unter ihren Vorfahren war der Hofjuwelier König Friedrich Wilhelms I. sowie der preußische Münzentrepreneur und Bankier Friedrich des Großen in Berlin, Veitl Ephraim, der die Finanzgeschäfte für den preußischen Staat führte. Ein Teil der Verwandtschaft war zwischen Berlin, Altona und Wien verstreut, eine Tante lebte auf dem Land, adelig eingeheiratet in Pommern.

Dieser Ururgroßvater kaufte 1807 als Schutzjude in Pommern ein Gut, auf dem er dann den Familiensitz ›Hohen-Ellern‹ baute. Im Jahre 1799 wurde ihm, wie schon einigen seiner Vorfahren, ein königlicher Schutzbrief ›ertheilet‹, der ihm ›Genußs aller Rechte und Befugnisse zusicherte, welche im erwähnten Berliner Reglement denen geschützten Juden verheißset und zusichert‹. Von dem habe ich dir schon früher mal erzählt. Auf der ›Hohen-Ellern‹ zog mein Ururgroßvater eine stattliche Pferdezucht auf, die er zu großem Ruhm brachte. Im Kreis Regenwalde war er als Pferdezüchter bekannt und geschätzt. Die schwarzen Husaren des Kurfürsten von Brandenburg und des Königs von Preußen, die in Belgarde und Kösslin stationiert waren, haben auf dem Markt in Stettin bzw. Kösslin häufig bei ihm Pferde eingekauft. Ebenso die Bauern der Umgebung. Von diesem Ururgroßvater Joachim besitzt du den Wein- und Segensbecher. Joachims jüngster Sohn, Wolff-Joachim, wurde am 6. September 1805 geboren. Im Alter von einundvierzig Jahren, als sein Vater verstarb, wurde er Herr auf der ›Hohen-Ellern‹. Er hat in Pommern die Pferdezucht weiter ausgebaut und ihren Ruhm vermehrt.

Nach dem frühen Tod seiner ersten Frau Miriam heiratete Wolff-Joachim 1855 Lina Peschel, mit der er zwei Söhne bekam: Wolff und Max.

Max, sein Jüngster, soll bereits als Kind Pferde zum Galopp angetrieben haben und peitscheschwingend durch den Hof über die umliegenden Wiesen geritten sein. Mit Schule und Büchern hatte er nichts im Sinn.

Auf einem Familienfest in Stettin begegnete der Einundzwanzigjährige der damals neunzehnjährigen Bianca. Er war von ihrer Anmut, ihren dicken Zöpfen und ihren warmen braunen Augen angetan. Er soll damals schon den Entschluss gefasst haben, sie zu heiraten.

Bianca, meine Mutter, wurde 1861 als jüngstes von drei Geschwistern geboren. Betty und Karl waren älter, ihr jüngster Bruder Felix, an dem sie sehr hing, verstarb im Alter von vier Jahren an Diphtherie.

Biancas Mutter, meine Großmutter Betty, stammte aus einem Elternhaus, in dem viel gelesen wurde; ihre Großmutter Henriette führte in Berlin einen literarischen Salon und ist als *Jettchen Gebert* in die Literatur eingegangen. Die große Büchersammlung meiner Mutter stammte von ihr. Sie besaß einige in Leder gebundene Erstausgaben mit persönlichen Widmungen der Autoren, die sie von ihrer Großmama geerbt hatte. An ihrem Bett lag immer eine handgebundene Erstausgabe mit Heine-Liedern, die Heine ihrer Urgroßmutter mit einer Widmung schenkte und die ihr ihre Großmama zur Heirat mitgab.

Der Vater meiner Mutter, also mein Großvater, Dr. Carl Kastner, war Studienrat in Stettin, der neben Literatur auch Musik unterrichtete. Besonders zu Festlichkeiten musizierte er zusammen mit seiner Tochter Bianca. Sie spielten Lieder von Mendelssohn, Meyerbeer, Schubert, Schumann und Liszt. Bianca soll dazu auch gesungen haben und immer wurde in der Bibel gelesen.

Auch durch die Musik und die Literatur wurde den Kindern das liberale Judentum vermittelt.

Nach einem Moratorium von zwei Jahren, in dem Bianca noch die höhere Töchterschule in Stettin besuchte, heirateten Max und Bianca 1883. Die Hochzeit fand vor Schawuot statt und wurde im Hause Kastner, Biancas Elternhaus in Stettin, unweit der Baumbrücke gefeiert. Die Heirat wurde unter der Chuppa vollzogen. Juden und Christen aus dem Freundeskreis und der Nachbarschaft feierten und musizierten bis in die frühen Morgenstunden zusammen. Gemeinsam mit ihrem Vater spielte Bianca die ›Lieder ohne Worte‹ von Mendelssohn.

Hier, schau mal«, sagte mein Vater damals, »diese Fotos habe ich dir mitgebracht. Sie sind am Vorabend ihrer Hochzeit fotografiert.« Ich las: »Julius Braatz, Hoffotograf seiner königlichen Hoheit Prinz Karl Friedrich von Preußen«. Auf den kleinen ovalen Chamois-Fotos sah ich Bianca im hochgebundenen dunklen Taftkleid mit großem weißen Spitzenkragen, der von einer perlenverzierten Gemme gehalten wird. An einer langen Goldkette hängt ein Amulett. Ihr braunes Haar hochgesteckt, ihr Blick sanft und ernst. Max in einem zu engen Jackett, wie ich an den aufgeworfenen Falten erkannte, ein Vatermörder um den Hals. Ein zu beiden Seiten spitz zulaufender, peinlich genau symmetrisch gekämmter Schnurrbart. Er trägt einen Mittelscheitel und blickt mit einem verschmitzen Lächeln in die Kamera.

»Als Bianca ihr Elternhaus verließ, schenkte ihr mein Großvater seinen Flügel, den mein Vater mit einer großen Pferdefuhre, vier Pferde im Gespann, abholte.«

Ich musste lachen: ein Flügel durch die Kornfelder fahrend … könnte ein Bild von Chagall sein.

»Von ihrer Mutter bekam sie die erwähnte Erstausgabe Heines. Darin schrieb sie ihr:

›Bleibe immer Du selbst, Deine Mutter.‹«

Wir beendeten an dieser Stelle unser Gespräch für jenen Abend. Ich war müde und musste das Erzählte in mir einordnen.

Weiter am nächsten Tag: Er hatte einen Atlas geholt und versuchte, mir zu zeigen und zu beschreiben, wo Labes liegt – heute in Polen, damals eine kleine Kreisstadt an der Rega im Kreis Regenwalde, Regierungsbezirk Kösslin.

»Eine Urmoränenlandschaft, hügelig, gelegentlich von waldigen Höhen überragt. Sie zog sich bis zum Fluss Rega hinunter. Es gab eine einzige Hauptstraße, beschattet von Eichen und Kastanien. In der Nähe des Flusses gab es einen kleinen Buchenwald. Verkehrsmäßig allerdings war die Stadt ein Eisenbahnknotenpunkt, das heißt einmal täglich fuhr die Bahn durch, nur dreimal in der Woche hielt sie an. Es gab ein Rathaus, eine Schule, eine Kirche. Auf der Anhöhe nahe dem Bahngleis lag der kleine jüdische Friedhof.

Die ›Hohen-Ellern‹ bestand aus rotem Backstein, von dunkelbraunen Holzbalken durchzogen. Die Südseite war bewachsen von Efeu und Glyzinien, die im Sommer leuchtend violett blühten. Ab und an raschelten Eidechsen unter den Blättern, die am Haus entlang kletterten und sich manchmal bei offenem Fenster in die Zimmer verirrten. Auf der anderen Seite standen hohe Pappeln, in denen sich der Wind rauschend verfing. Links vom Haus stand eine alte Eiche. Eichhörnchen sprangen herum. Wenn sie durch den Garten rannten, versuchte unser Hund Lupus, ein deutscher Schäferhund, den ich ›Lupi‹ nannte, sie zu jagen. Dann stand er bellend vor dem Baum, auf den sie geflüchtet waren.

Im Erdgeschoss befand sich der Pferdestall, daneben die Küche, eine geräumige Halle und ein großes Wohnzimmer, oben waren die Schlafräume. Im Garten reichlich Obstbäume, der Hof war von Getreidefeldern umgeben.

Es war kurz nach dem Erntedankfest, als Bianca in das Elternhaus von Max einzog. Mutter Lina war einige Jahre zuvor gestorben. Sein Vater Wolff-Joachim verehrte seine junge Schwiegertochter und räumte für ihren Flügel sein Wohnzimmer um. Es blieben eine alte Wanduhr, ein Esszimmertisch mit acht Stühlen und ein Ohrensessel. Er soll ihr gerne zugehört haben, wenn sie auf dem Flügel spielte. Manchmal sei er im Sessel eingeschlafen.

Ein Jahr nach ihrer Hochzeit endete ihre erste Schwangerschaft mit einer Fehlgeburt. Der herbeigerufene Arzt riet von weiteren Schwangerschaften ab, sie würde wohl nie Kinder austragen können. Nach einem weiteren Jahr erwies sich die Diagnose als falsch, und Bianca gebar ihr erstes Kind, einen Sohn: Carl, benannt nach ihrem Vater. Ein Verwandter aus Berlin, Geheimrat Leiser, schickte zur Geburt dieses Kindes folgendes Gedicht:

›Ach wie anders kläng's durch's Städtchen,
wär's statt des Jungen jetzt nur ein Mädchen.

Doch kann man sagen ohne Hohn,
die Freunde haben einen Sohn.

Dass das Bäumchen gedeih' zum Stamme,
dafür sorgen Mutter und eine gute Amme.

Nun seid getrost, Gott wird's schon behüten,
den kleinen jüdischen Antisemiten ...‹

Bianca, meine Mutter, war jetzt vierundzwanzig Jahre alt. In den folgenden Jahren brachte sie alle zwei Jahre einen gesunden Knaben zur Welt. Als sie siebenundzwanzig war, hatte sie drei Söhne, Carl, Georg und Eduard. Sie war gerade wieder schwanger, als der geliebte Schwiegervater Wolff-Joachim, mein Großvater, am 15. August 1890 im Alter von fünfundachtzig Jahren starb.

Der Kindersegen hielt an, es gab auch einige Fehlgeburten, und als sie achtunddreißig war, wurde ich geboren. Es war der 7. Juli 1898, ein Donnerstag. Ich bekam den Namen Wolff-Joachim nach meinem Großvater. Wie sie mir erzählte, soll ich sie durch meine großen ›Zuhörohren‹ an ihren verstorbenen Lieblingsbruder Felix erinnert haben. Später erzählten meine Schwestern, ich sei ihr Lieblingskind gewesen.«

Um mich in die Zeit um das Geburtsjahr meines Vaters hineinzudenken, las ich in einem Geschichtsbuch und fand: »Die deutsche Kolonialpolitik beginnt, in Russland sind Pogrome zugange und Erreger von Diphtherie, Cholera und Tetanus werden entdeckt. Kaiser Wilhelm II. bereist erstmals Palästina, die ›Dreyfus-Affäre‹ und Zolas *J'accuse* rütteln die europäischen Gemüter wach, das Frauenstudium setzt sich langsam durch, Sigmund Freud schreibt *Studien über Hysterie* und Theodor Herzl *Der Judenstaat*. Ein Jahr zuvor hat der erste zionistische Weltkongress in Basel stattgefunden.«

Mein Vater erzählte weiter: »Nach mir gebar meine Mutter noch drei Töchter, die letzte im Alter von sechsundvierzig Jahren. Auf diesem Foto siehst du die gesamte Familie. Es wurde 1907 im Garten der ›Hohen-Ellern‹ unter dem Birnbaum aufgenommen. In der Mitte meine Eltern, unten sitzen die drei Kleinen, Ilse die Jüngste, Betty und Irma, neben meinen Eltern Carl, der Älteste, und Georg, dann Walter, da siehst du mich, du erkennst mich an den Ohren, und weiter oben Margarete, Eduard und Emma.«

Er schien in seine Erinnerungen einzutauchen und diese

Bilder wärmten ihn. Ich betrachtete das Foto und ließ meine Gedanken laufen. Auf dem sorgfältig komponierten Familienfoto ist die gesamte Familie in sonntäglicher Pracht aufgereiht. Bianca, sechsundvierzig, weißhaarig und bebrillt, deutlich vorgealtert und müde. Max, stolzer, wohlbeleibter Familienvater: pausbackig mit Schnurrbart, Melone, dicker Zigarre in der Hand, ein zu enger Vatermörder um den Hals. Die älteren Brüder: Carl mit Panamahut, Georg und Eduard mit Melone, alle mit Schnurrbärten, Zigarre rauchend. Emma, die Älteste, mit Spitzenkragen und Hochfrisur, die hübsche Margarethe mit einem zweireihig hochgeknöpften Taftkleid, vor ihnen die beiden jüngsten Söhne in Matrosenanzügen und mit Seemannsmützen, Walter zehn, traurig und scheu, die Schultern eingefallen. Er wirkt unbeholfen. Zu seiner Linken Wolff, der Einzige in dieser Runde, der fröhlich in die Kamera blickt, geradeaus, zuversichtlich mit seinen großen ›Zuhör-Ohren‹ ... Die Kleinen, Betty, Irma und Ilse sitzen am Boden.

›Eine bunte Mischpoche‹, dachte ich.

»Dieses Foto hält die schönste Zeit meiner Kindheit fest. Ich war damals neun. Ich lernte gerne, die Schule fiel mir leicht. Nachmittags war ich im Pferdestall. Es hieß, ich sei sehr wild gewesen; ein Stalljunge soll gesagt haben: ›Das ist kein Wolff nicht, das ist ein Löw.‹ In den Sommermonaten war ich viel an der Rega mit Lupi, der mich gerne begleitete. Meist lag er schlafend im Gras neben mir. Hin und wieder öffnete er die Augen, vor allem dann, wenn ich einen Fisch mit der Hand gefangen habe. Das Wasser der Rega floss leise und gemächlich, von beiden Ufern wuchsen Büsche bis ins Wasser, ab und an kräuselten Windstöße die Oberfläche, Insekten summten dicht darüber ... Manchmal saß Lilly aus der Nachbarschaft daneben, mit ihren langen Zöpfen, ›Zopflilly‹, mit der ich seit Kindesjahren befreundet war, sie war einige Jahre jünger. Wir haben uns auch später im Leben oft gesehen. An diese Jahre auf der ›Hohen-Ellern‹ und die Stunden an der Rega denke ich gerne zurück; diese Bilder unserer damals noch unzerbrochenen Welt waren die Orte, an denen ich mich später, in schweren Zeiten meines Lebens, innerlich gerne aufhielt.

Unsere Familie war nicht religiös, meine Eltern lebten im Bewusstsein der jüdischen Tradition und feierten traditionelle Feste wie Chanukka und Pessach. Am Freitagabend zündete meine Mutter die Schabbes-Leuchter an und mein Vater sprach den Segen für die Familie. Die Einstellung meiner Eltern zum Judentum war ohne Bindung an die Orthodoxie, aber verbunden mit dem Glauben an Gott und der Überzeugung, dass der Sinn der Welt und der Verlauf der Geschichte letztlich nur positiv sein könnten.

Zu Weihnachten stellte meine Mutter für das Personal in der Halle einen großen Weihnachtsbaum auf, den sie mit Selbstgebackenem schmückte und versteckte zu Ostern kleine Geschenke im Garten, nach denen wir jüngeren Kinder auch suchten. Meine Mutter konnte sehr gut kochen und backen. Das Essen hatte in meinem Elternhaus eine große Tradition, nicht nur zu bestimmten Festlichkeiten, sondern auch an Wochenenden. Im Esszimmer um den langen Tisch versammelte sich die gesamte Familie, oft mehr als zwölf Personen. Es gab vor allem Geflügel, an Feiertagen Puter und häufig Fisch. Am Freitagabend wurde gebetet, danach gab es oft gefüllten Fisch. Kein Karpfen, sondern Hecht, ein Flussfisch, der zarter schmeckt.

Mit einem skalpellscharfen Messer wurde der rohe Fisch aus seiner Haut vorsichtig herauspräpariert, sozusagen gehäutet. Im Anschluss wurde er in Stücke geschnitten, mit Karotten, Zwiebeln, Pfeffer, Salz und Zucker kleingehackt und wieder in den Hautsack hineingestopft, der dann zugenäht wurde. Eine Zwiebelsuppe wurde über eine Stunde vorgekocht, dann wurde dieses künstliche Wesen eine halbe Stunde in dem Sud geköchelt und schließlich kalt gestellt. Gegessen wurde er im kalten Zustand, der Sud gelierte und ergab eine wohlschmeckende Sülze. Manchmal wurden in den warmen Sud nach dem Kochvorgang hartgekochte Eier eingelegt.

Zu dem Fisch gab es Freitagabend eine süße Challa, die aus weißem Mehl leicht angesüßt mit Eiern und Hefe zu einem Zopf gebacken wurde, zuweilen auch mit Rosinen. Bestrichen war sie oben mit Eigelb, manchmal auch mit Mohnsamen oder Sesam überzogen. Diese wurde nicht angeschnitten, sondern von dem Vater mit der Hand abgebrochen, erst an die Mutter und dann an die Kinder verteilt.

Am Samstagmorgen gab es süße Hörnchen.

Berühmt waren die Kuchen meiner Mutter und ihre Torten. Zu den Feiertagen pflegte sie ›Rollkuchen‹ zu backen, der sehr arbeitsintensiv war. Ich half ihr gerne dabei. Papierdünner Mürbeteig, fast durchsichtig, wurde mit Konfitüre und Nüssen in Schichten angefüllt und gerollt. Es schmeckte vorzüglich.

Meine Lieblingstorte war allerdings die Käsetorte: Magerquark, reichlich Eier, Zucker, Rosinen und kein Mehl, nur Grieß. Das Eiweiß wurde getrennt geschlagen und am Ende dem Angerührten untergemischt. An Feiertagen gab es eine Mandeltorte, die zu Hause sehr beliebt war. Beide Kuchen, auch die Käsetorte, lauwarm serviert mit geschlagener Sahne, gehörten zur Tradition des Hauses.«

Da entfaltete sich der Koch und der Gourmet, der mein Vater Zeit seines Lebens war.

»Den kulinarischen Höhepunkt bot der ›Seder-Abend‹ mit dem Pessach-Fest. An diesem Abend durfte ich als jüngster Sohn die Fragen des ›Mah Nischtana‹ stellen. Das war der Abend, an dem sich unsere Familie mit unserem jüdischen Volk verbunden fühlte. Ansonsten war es in meinem Elternhaus immer sehr liberal.«

Der Mensch kann nicht leben,
ohne ein dauerndes Vertrauen
zu etwas Unzerstörbarem in sich,
wobei das Unzerstörbare als
auch das Vertrauen ihm dauernd
verborgen sein können

Franz Kafka

»Am 2. August 1909, ich war gerade elf Jahre alt, starb mein Vater im Alter von zweiundfünfzig Jahren an einem Herzinfarkt. Es war früher Nachmittag und sehr heiß, zu der Zeit schwamm ich gerade in der Rega. Emma holte mich nach Hause. Mein Vater lag auf seinem Bett und sah aus, als würde er schlafen, da merkte ich, dass er nicht mehr atmete. Rechts und links neben seinem Kopf brannten Kerzen. Im Zimmer war der Geruch von Pferdestall, daran erinnere ich mich noch, mein Vater war gerade bei den Pferden gewesen. Alle standen ernst um ihn herum. Ich schaute zu meiner Mutter und sah ihre Tränen, das schmerzte mich. Weißt du, mir stand mein Vater nicht so nahe, meist war er mit den Pferden unterwegs.

Über die Trauer meiner Mutter begriff ich in den ersten Tagen den schweren Verlust für sie durch seinen plötzlichen Tod und in den nächsten Wochen die Auswirkungen auf unsere gesamte Familie. Sein Tod bedeutete für mich das schlagartige Ende meiner Kindheit.

Zur Beerdigung ging ich an der linken Seite meiner Mutter. Der jüdische Friedhof war von einer etwa zwei Meter hohen Mauer umgeben, lag am Rande von Labes unweit der Bahngleise. Es war eine große Trauergemeinde, die den Sarg, der von einem Pferdegespann bis zum Friedhof gefahren wurde, begleitet hat, Juden und Christen. Am offenen Grab sprach Carl, mein ältester Bruder, das Kaddisch-Gebet für unseren toten Vater. Er wurde neben seinen Eltern begraben. Es war der erste Friedhofsbesuch meines Lebens. Meine Mutter war gerade achtundvierzig Jahre alt und nun eine Witwe mit zehn Kindern.

In der Trauerwoche kamen viele Freunde und Verwandte zum ›Schiwe-Sitzen‹, unter anderem auch Onkel Leiser aus Berlin. Sie berieten lange über die Zukunft der Familie; die drei ältesten Brüder Carl, Georg und Eduard waren dabei. Es wurde beschlossen: Die drei sollten den Pferdehandel weiterbetreiben, die ältesten Schwestern Emma und Margarete der Mutter bei der Haushaltsführung helfen, Walter, der Dreizehnjährige, ebenfalls zu Hause bleiben, die drei jüngsten Schwestern Betty, Irma und Ilse wurden durch Vermittlung eines Verwandten aus Berlin in dem katholischen Mädchenpensionat ›Sankt Johanna-Stift‹ in Kösslin untergebracht. In sozialen Notsituationen nahm das Internat auch Kinder jüdischer Familien auf. Die Schwestern wurden in den nächsten Jahren katholisch erzogen. Da mich meine Mutter für den Begabtesten unter den Kindern hielt, mir fiel das Lernen immer leicht, wurde beschlossen, mich Onkel Leiser und seiner Frau Fanny anzuvertrauen und mich nach Berlin zu schicken, um mir dort eine bessere schulische Ausbildungsmöglichkeit zu geben. Das war die erste Wunde in meinem Leben: Trennung von meinem Geburtsort, den ich liebte, von meiner Mutter, an der ich hing, meinen drei kleinen Schwestern, dem Fluss, der Rega, meiner kleinen Freundin Lilly und meinem Hund Lupi. Zum Abschied gab meine Mutter mir ihren ledergebundenen Heine-Gedichtband mit den Widmungen des Autors und der Widmung ihrer Mutter, der sie ihre hinzufügte:

›Bleibe immer der Mensch, der Du bist, Deine Mamma‹

Zum Bahnhof kamen viele, mich zu verabschieden. Ich habe mich sehr zusammengenommen, nicht zu weinen und es meiner Mutter nicht schwer zu machen.

Tante Fanny und Onkel Leiser hatten keine Kinder. Wir Kinder nannten ihn so, weil er eine so leise Art zu sprechen hatte, eigentlich hieß er Arnold. Er trug immer eine Fliege und eine in Gold gefasste Brille mit starken Gläsern.

Tante Fanny war klein und etwas rundlich, hatte immer rote Backen, war meist fröhlich gestimmt. Manchmal sang sie in der Küche leise vor sich hin. Sie backte gerne Pfannkuchen und Berliner ... Zur Begrüßung gab es ein köstliches Mahl mit geschmortem Geflügel, Piroggen und Pflaumenkompott Sie wohnten in Berlin in der Nürnberger Straße 66. Sie richteten für mich die kleine Bibliothek mit einem Schreibtisch ein. Erstmals hatte ich ein Zimmer für mich alleine und die Leisers einen Sohn. Es wurde erzählt, ich sei in den ersten Tagen immer wieder mit Heines Gedicht ›Mein Herz, mein Herz ist traurig‹ im Sessel bei Licht eingeschlafen. Ich wurde in das Kaiserliche Gymnasium zu Berlin eingeschult, wo Onkel Leiser lehrte, dort lernte ich meine späteren Freunde Walter Erhard und Ernst Mandelbaum kennen. Die Sommerferien verbrachte ich zu Hause, um meiner Mutter zu helfen. In den Sommerferien 1912, ich war gerade dreizehn Jahre, feierte ich im Kreise meiner Familie in Pommern meine Bar Mizwa. Vier Wochen lang wurde ich durch einen Melamed, in die jüdischen Bräuche eingewiesen und lernte die ersten hebräischen Buchstaben. Onkel Leiser hatte bereits in Berlin einige Male mit mir über die Zugehörigkeit zum Judentum gesprochen und mich zum Neujahrsfest in die große Synagoge in der Oranienburger Straße mitgenommen. Manchmal sahen wir ›Unter den Linden‹ den vorbeifahrenden Kaiser. Hier bekam mein Leben seine bürgerliche Prägung.«

✶

»Dann kam der August 1914 und mit ihm der erste Weltkrieg.« Mein Vater holte einen Aufruf aus der jüdischen Rundschau vom 7. August 1914, den er aufbewahrt hatte, in dem zu lesen war:

»Deutsche Juden!

Wir rufen Euch auf, im Sinne des alten jüdischen Pflichtgebotes mit ganzem Herzen, ganzer Seele und ganzem

Vermögen Euch dem Dienste des Vaterlandes hinzugeben.
Der Reichsverein der Zionistische Deutschen Juden. Vereinigung für Deutschland«

»Dem schloss sich damals auch das Kartell jüdischer Verbindungen, dem ich später angehörte, und der Ausschuss der jüdischen Turnerschaft an.

1916 fielen meine beiden ältesten Brüder: Carl in Verdun und Georg, der einem Kavallerieregiment in den Karpaten zugeteilt war, erlitt einen Lungenschuss, an dem er wenige Monate später starb. Eduard wurde noch zu Kriegsbeginn nach Labes entlassen, um den heimatlichen Hof und seine Pferde, von denen ein Teil auch rekrutiert wurde, zu versorgen. Ich wurde mit sechzehn Jahren, im September 1914, als Schüler zum militärischen Vorbereitungsdienst eingezogen, an dem ich bis Oktober 1916 teilnahm. Mein Großvater aus Stettin, der inzwischen verwitwet war, zog zu meiner Mutter nach Labes, um sie zu unterstützen. Ich unterstützte sie ebenfalls von Berlin aus, indem ich seit meinem sechzehnten Lebensjahr Mathematik-Nachhilfestunden gab und ihr regelmäßig das selbst erworbene Geld schickte.«

Er lehnte sich zurück und sagte: »Weißt du, der Krieg damals war ein sehr blutiger, überall in der Stadt liefen Verwundete herum. Jeder versuchte zu unterstützen und wir, ja, wir fühlten uns sehr deutsch, waren vom Glauben her sehr liberal, verbunden mit den humanistischen Wurzeln des Judentums, mit der Verpflichtung, den Menschen zu verstehen und Leidenden zu helfen. Wir, das heißt unsere Familie; das ist unsere kulturelle Tradition. Der damalige Krieg hat uns als Deutsche in dem nationalen Bewusstsein sehr verbunden, vor allem auch in dem Leid, das er allen zufügte.«

Nach einer Weile fuhr er fort:

»Im letzten Jahr vor meinem Abitur stellte mich Onkel Leiser, mein Ziehvater, seinem intellektuellen Freundeskreis vor. Er schien stolz auf mich zu sein und fühlte sich verantwortlich für meine Erziehung. Seit zehn Jahren war er in der zionistischen Bewegung organisiert. Ich nahm an den Gesprächsrunden teil und empfand ein Gefühl von geistiger Zugehörigkeit zu dem kollektiven geschichtlichen Leid. Im Februar 1917 legte ich vor der königlichen Prüfungskommission das Abitur ab. Ich war von den mündlichen Prüfungen befreit. Die Sommerferien verbrachte ich auf der ›Hohen-Ellern‹ und half meiner Mutter auf dem Hof. Ich fühlte mich mit ihr sehr verbunden. Sie war jetzt zweiundfünfzig, seit sechs Jahren verwitwet, hatte zwei Söhne verloren und dennoch konnte sie viel Wärme und Zuversicht vermitteln. Abends nach einem langen Arbeitstag setzte sie sich an den Flügel, ich saß im Ohrensessel gegenüber und hörte ihr gerne zu. ›Meine Finger sind müde‹, sagte sie manchmal. Dann spielte sie langsamer als früher. Manchmal saßen wir noch in der Küche bei Pflaumenkompott, das ich so gerne aß, und sie erzählte von ihrem Elternhaus, von Familienfeiern in Stettin, von ihrer Mutter, meiner Großmutter Betty, die ihnen Gedichte vorlas. Sie holte das Heine-Buch und las mir vor. Besonders erinnere ich Heines Gedicht ›Wo?‹, eines ihrer Lieblingsgedichte:

›Wo wird einst des Wandermüden
Letzte Ruhestätte sein?
Unter Palmen in dem Süden?
Unter Linden an dem Rhein? ...‹

Ich denke gerne zurück an diese Stunden, wenn es im Haus still wurde, meine Mutter mit mir unten saß und wir gemeinsam ›heinten‹.«

Bei diesen Erzählungen empfand ich Nähe zu meinem Vater, als sei etwas von diesen Stunden seiner Kindheit in Labes jetzt zwischen uns vorhanden. Etwas von dieser Großmutter Bianca mit ihrer musischen Fülle, ihrer Wärme, ihrer Mütterlichkeit, vor allem ihrer Liebe war gegenwärtig. Auch bei uns gab es Pflaumenkompott während seiner Besuche.

Mein Vater hielt inne, schwieg, lehnte sich im Stuhl zurück.

»Das waren die Sternstunden meiner Kindheit ...«

Wieder schwieg er, fuhr dann wehmütig fort:

»Nur kurz noch wollte ich dir erzählen: Im Sommer 1917 gab es eine erneute Mobilisierung, Eduard wurde eingezogen und die ›Hohen-Ellern‹ musste verkauft werden. Meine Mutter mit den drei kleinen Schwestern zog zu Onkel Leiser nach Berlin, der inzwischen verwitwet war. Das war der endgültige Abschied für mich von dieser mit meiner Kindheit verbundenen, erinnerungsreichen pommerschen Landschaft mit ihren glasklaren Seen und von unserem Familienleben. Ich zog in den Osten Berlins, nach Friedrichshain in die Simplonstraße Nr. 19, wo Rudolf Erhard, Walters Bruder, den du später kennenlerntest, sein Medizinstudium beendete. Eine kleine Wohnung nah dem Bahnhof Warschauer Straße. Von dort konnte ich mit der Stadt-Bahn die Universität günstig erreichen.

Im Sommersemester 1918 begann ich mein Jurastudium an der Humboldt-Universität und nahm zugleich einen Job an als Bürohilfsarbeiter bei der Reichsgetreidestelle, um mein Studium zu finanzieren und meine Mutter weiterhin zu unterstützen. Zum Wintersemester 1920 wechselte ich an die Julius-Maximilian-Universität nach Würzburg, wo sich zwei meiner Berliner Freunde aufhielten. Meine Mutter hatte sich in Berlin eingelebt, versorgte Onkel Leisers Haushalt und die drei Jüngsten, die noch zur Schule gingen. Ich hatte das Bedürfnis, aus der Großstadt herauszukommen und erstmals in meinem Leben unabhängig meine Freiheit zu leben. Ich entfloh der Menschenmenge, der Lebenseile und den Geräuschen der Großstadt.

Würzburg, eine fränkischen Kleinstadt, katholisch, die Landschaft hatte vor allem im Sommer Anklänge, die in mir Erinnerungen an Pommern wachriefen. Durch Vermittlung von Onkel Leiser wohnte ich bei der Witwe eines ehemaligen Studienkollegen, Frau Riemenschneider, am St. Kiliansplatz, unweit der Mainbrücke. Sie hieß übrigens Rosamunde, war klein und kräftig. Ab und an stellte sie mir Bratkartoffeln bereit, ich dagegen holte die Kohlen aus dem Keller. Wir vertrugen uns gut, ihren Dialekt verstand ich erst im Laufe der Zeit.

Neben Studium und Nachhilfeunterricht genoss ich mein Freisein von sämtlichen traditionellen Bindungen. Ich kann mich nicht erinnern, mit meinen jüdischen Kommilitonen je an einem Gottesdienst teilgenommen zu haben, ob es in Würzburg eine Synagoge gab, kann ich dir nicht mal sagen. Es waren stürmische Jahre.«

»Wie meinst du das? In welcher Hinsicht?«

»Nun ja, es bedeutete sowohl ein politisches als auch erotisches Erwachen. Wir waren alle ungebunden fern unserer familiären Bindungen. Im Sommer unternahmen wir häufig Fahrradtouren. 1921 trat ich zusammen mit meinen Freunden Leon Kottler und Walter Erhardt in die schlagende jüdische Verbindung ›Blau-Weiß‹ ein.«

Er zeigte mir das handkolorierte Foto.

Mein Vater, Mitte zwanzig, steht in voller Montur vor einer Landschaftstapete: in bis über das Knie gehenden Schaftstiefeln, mit weißen Stulpenhandschuhen auf seinen Degen gestützt, mit einer breiten blau-weißen Schärpe.

»Du siehst darauf sehr ernst aus.«

»Ach, weißt du, neben der Freiheit und der Ungebundenheit, die wir genossen damals, spürten wir jüdischen Studenten eine klare Ausgrenzung durch die nichtjüdischen Kommilitonen. So waren wir den übrigen Kommilitonen nur in den freien Organisationen und den Lesehallen gleichgestellt. Ich war damals auch Mitglied des ›Kartell-Konventes‹ der jüdischen Studenten, der, soweit ich erinnere, 1886 gegründet wurde.«

»Hattest du eine feste Freundschaft mit einer Frau damals?«

Er zögerte, richtete seinen Blick nach innen, als hole er aus der Tiefe gut verschnürte Erinnerungen heraus. »Doch, doch, es gab auch Kommilitoninnen.«

Und dann löste er aus seinem inneren Bündel eine Frauengestalt heraus: »Du erinnerst dich doch an Lilly aus meiner Kindheit in Labes, mit der ich oft an der Rega saß, die mit den Zöpfen?«

»Ja«, sagte ich, »die Zopflilly …«

»Lilly studierte damals in Heidelberg Medizin und besuchte mich einige Male, manchmal mit einer Freundin. Wir unternahmen Fahrradtouren durch die Weinberge und abends saßen wir um das Lagerfeuer. Manchmal brieten wir auch Fische, die ich mit meiner selbst gebastelten Angel gefangen habe.«

Ich zögerte und traute mich nicht, meinem alten Vater mehr Fragen zu stellen.

Er ahnte und ergänzte: »Einige Male musste sie am Sonntagmorgen von dem Balkon im ersten Stock an der Regenrinne entlang das Haus verlassen, bevor Frau Riemenschneider, meine Wirtin, erwachte …«

Ich lächelte.

»Zuweilen besuchte ich sie in Heidelberg. Für die Bahn hatte ich kein Geld, mit dem Rad bin ich im Sommer gefahren, manchmal mit einem Freund, durch die Weinberge, wo wir uns versorgten …

Außer Jura habe ich Vorlesungen in Mathematik belegt, wo ich Bronislav Propokov kennengelernt habe. Er stammte aus Petersburg, lebte dann als Mathematiker in London, wo du ihn mit Mama später einige Male besucht hast. Die Studienzeit in Würzburg war eine der glücklichsten in meinem Leben«, wiederholte er.

»Sie war eine Zeit des Aufbruchs, unbekümmert, neue Freundschaften und unbegrenzte Erlebnisse. 1923 promovierte ich über das Thema *Das Verhältnis der Länder zum Reich nach der Reichsverfassung von 1919.*«

»Mit welcher Note?«

»*Superato cum laude*. Die rechtswissenschaftliche Fakultät der Würzburger Uni legte mir nahe, mich dort zu habilitieren. Ich wollte dagegen zu meiner Familie zurück nach Berlin, wo ich meine Mutter und kleinen Schwestern durch eine Tätigkeit, die mir bei einer Versicherung angeboten wurde, besser unterstützen konnte.

Der Abschied von Würzburg fiel mir schwer. In der letzten Nacht feierte ich mit Freunden. Es war eine feucht-fröhliche Nacht, die auf dem Rücken der Löwen auf der Mainbrücke endete ... Hier sangen wir unter anderem Studentenlieder und die ›Hatikva‹.

Zurück in Berlin bekam ich bei der Phoenix einen leitenden Posten und baute die Rechtsabteilung auf, die ich später mit einigen meiner jüdischen Freunde aus Würzburg zusammen leitete. Meine Promotionsurkunde wurde mir nach Berlin geschickt. Die Gebühr betrug damals wegen der Inflation 8.629 Reichsmark. So viel Geld besaß ich nicht und musste mir dies von meinen Geschwistern leihen, die jetzt erst von der Promotion erfuhren.«

Viele Jahre später beschrieb Sebastian Haffner diese Zeit als die des »karnevalistischen Totentanzes ... das Jahr machte Deutschland fertig zu jedem fantastischen Abenteuer.«

✶

»Von Lilly möchte ich dir noch erzählen. Nachdem ich Würzburg verlassen habe, besuchte sie mich einige Male in Berlin. Sie studierte, mit Unterbrechungen wegen Erkrankung ihrer Mutter, weiterhin in Heidelberg. Zuletzt kam sie Anfang 1931, wenige Monate, bevor ich Helene kennenlernte. Sie war eine hübsche Frau mit langem vollem braunem Haar, meist steckte sie es hoch, mit wunderschönen tiefdunklen Augen. Wir kannten uns seit der Kindheit und hatten viele Gemeinsamkeiten, so auch unsere Aktivitäten in der zionistischen Organisation. Lilly wollte, dass wir bald heiraten. Sie war eine gute Frau. In gewisser Weise liebte ich sie auch. Es war, als gehörten wir immer zusammen. Sie wollte allerdings nach Palästina auswandern, möglichst noch in diesem Jahr, da ein Teil ihrer Familie schon dort war. Das war damals nicht mein Wunsch. Ich erinnere noch ihren Anblick am Anhalter Bahnhof, als ich sie zum Zug brachte und sie mit Tränen am Fenster stand. Dann verloren sich unsere Wege. Einige Jahre später, ich hatte keine Verwandten mehr in Pommern und war schon mit Helene verheiratet, erfuhr ich, dass sie einen anderen Jugendfreund geheiratet hatte und mit ihm nach Palästina ausgewandert ist.«

Lies aus dem Flug Deines Pfeiles
Wenn Du wissen willst,
was Dir die Zukunft bringt

Alessandro Baricco

Einige Tage vergingen, ich ordnete das Erzählte in mir, Bestandteile meiner Geschichte, Bausteine meines Unbewussten, ... zu wissen, wo in mir was, woher, wenn ich so rede, denke, aussehe, ... in mir erhellten sich Bilder: Landschaften, Menschen, Schicksale, Gebete ...

»Du musst dir vorstellen, es waren bewegte Jahre, politisch, gesellschaftlich und kulturell brodelte es. Josef Goebbels war seit 1927 nationalsozialistischer Gauleiter von Berlin und die Hitlerjugend wurde gegründet. Es waren die Jahre, die den Boden bereiteten für das Wüten Hitlers. In dieser Zeit lernte ich Helene kennen.«

»Wie und wo?«

»Es war am 4. April 1931, ein Mittwoch, ich war zu einer Assekuranz-Besprechung bei der Deutschen Margarine-Union am Tempelhofer Ufer geladen. Es ging um die Fusion mit einer italienischen Firma. Helene Müller war als Übersetzerin zugegen. Ich weiß noch genau, wie sie aussah: sehr schlank, groß, schlichtes blaues Kostüm, zarte Perlenkette um ihren schmalen Hals, sie hatte braune, schulterlange Haare, die sie eingerollt und vom Hinterkopf bis zu den Seiten hochgesteckt hatte, elegante Schuhe mit auffallend hohen Absätzen, und sie trug einen Verlobungsring. Wenn sie lachte, waren ihre ebenmäßigen Zähne zu sehen. Ein unspektakulärer Büroalltag. Darin wirkte sie wie eine exotische surrealistische Blume ...«

›Eine blaue ... von Dali!‹

»Ich war fasziniert und verfing mich in ihren Anblick. Wie du weißt, war sie eine sehr schöne Frau, mit ihren grünen Augen und ihren langen Beine.

Sie stammte aus einem mittelständischen protestantischen Elternhaus, ist in Egeln, Kreis Magdeburg, geboren und getauft worden. Als sie ein Jahr alt war, zog die Familie nach Berlin. Sie war das jüngste von sieben Geschwistern und das Lieblingskind ihres Vaters. Er nahm sie immer in Schutz, auch wenn sie ihre älteren Geschwister schlug. An manchen Sonntagen spazierte der Vater mit einem Chapeau Claque Unter den Linden, in der Hoffnung, den vorbeifahrenden Kaiser zu sehen. Er soll dabei sehr stolz auf seine hübsche Jüngste gewesen sein. In ihrem Elternhaus haben die kleinen Kinder an einem Kindertisch gegessen und der preußische Vater, äußerlich Bismarck ähnlich, sehr groß mit Schnauzbart, wurde beim Verteilen der Fleischstücke bevorzugt. Fleiß, Sauberkeit und Gehorsam gehörten zum Pflichtbewusstsein der Familie. Alle Kinder wurden evangelisch getauft, zu den hohen Feiertagen gingen sie gemeinsam in die Kirche.

Helene hatte einen anmutigen Gang, zog die Blicke der Passanten auf sich und entwickelte ein manchmal zur Schau getragenes Selbstbewusstsein, das mir fremd war.

Nach dem damals üblichen Schulbesuch durfte sie als einziges Mädchen der Familie eine höhere Ausbildung zur Fremdsprachenkorrespondentin mit Schwerpunkt Englisch und Italienisch absolvieren. Eigentlich waren unsere Welten sehr verschieden. Außerdem war Helene zu der Zeit bereits verlobt. Wir wären wahrscheinlich nicht enger zusammengekommen, wäre nicht das Ereignis mit der Ohrfeige gewesen.«

Ich kannte die Geschichte schon von meiner Mutter, wollte aber gerne seine Version hören.

»Nachdem wir uns einige Tagen kannten, lud ich Helene zum Essen ein.«

»Warum?«

»Irgendetwas zog mich an ihrer Andersartigkeit und Heiterkeit sehr an. Etwas anderes, als ich bislang kannte. Natürlich wusste ich, dass sie verlobt war. Aber warum sollte sie nicht der Einladung folgen. Es war ihre Entscheidung. Als wir im Restaurant saßen, gerade aßen wir das Hauptgericht, kam ein stattlicher blonder, großer Mann an unseren Tisch und ohne ein gesprochenes Wort traf wie ein unhörbarer Paukenschlag eine heftige Ohrfeige Helenes Gesicht. Dann verschwand der Mann, immer noch wortlos. Helene zuckte zusammen und weinte. Ich war fassungslos. Ich gab ihr mein Taschentuch. Mein Beschützerinstinkt war ausgelöst und blieb zeitlebens Helene gegenüber vorhanden. Später erfuhr ich, dass ihr Verlobter krankhaft eifersüchtig war. Dieser Mensch, ein adeliger Pianist übrigens, war ihr gefolgt, denn sie hatte ihn über diesen Abend im Unwissen gelassen. Er musste sich sehr verletzt gefühlt haben, denn seine Hände waren sein Instrument, sensible Hände, die nicht zum Schlagen geeignet waren. Am nächsten Tag fühlte ich mich zu dieser Frau so hingezogen, als hätte dieser Schlag mein Herz für ein ungeahntes Gefühl ihr gegenüber aufgebrochen. Wir waren jetzt täglich zusammen und unternahmen viel. Wir spazierten häufig im Grunewald; wenn ich an der Havel angelte, waren der Picknickkorb und das Grammophon immer dabei, Helene saß daneben. Allerdings fiel ihr das Schweigen, während die Fische anbissen, schwer. Es waren glückliche Jahre mit Einladungen, Faschingsfesten, Opern- und Theaterbesuchen, Reisen im Winter in die Dolomiten zum Skifahren, im Sommer zum Wandern, wir waren auf Capri, unternahmen viele Segeltouren, ich war Mitglied im Segelclub in Riccione in Italien. Hier, sieh mal das Foto.« Er wirkte darauf außerordentlich entspannt und fröhlich in seinem windzerzausten Seglerhemd. »Silvester 1931 in den Dolomiten sprachen wir erstmals von Heirat und einigten uns auf vier Kinder. Das wäre genug, meinten wir und ›Du darfst sie erziehen, wie du willst‹, sagte ich zu Helene. ›Sie sollen leben wie wir, also mit Weihnachtsbaum.‹ Ob die Kinder mal getauft oder beschnitten werden, darüber sprachen wir nicht.«

Für meine Mutter, wie sie mir später erzählte, war die Entscheidung damals klar: Ihre Söhne werden nicht beschnitten.

»Wir heirateten am 4. April 1932, genau ein Jahr nach unserer ersten Begegnung. Trauzeugen waren Ernst Mandelbaum, ein alter Schul- und Studienfreund, und der frisch vermählte Studienfreund Walter Erhardt. Wir heirateten am Standesamt Berlin-Lichtenberg. Nach der Trauung aßen wir bei Kempinski. Beide Familien kamen zusammen und wünschten uns viele gesunde Kinder. Zur Trauung bin ich allerdings fünf Minuten zu spät gekommen, fünf Minuten, die deine Mutter mir ihr Leben lang vorgehalten hat.«

»Warum hast du dich verspätet?«

»Du kennst mich ja«, antwortete er, »ich war nie der Pünktlichste ...«

›Hatte er Bedenken?‹, fragte ich mich. ›Hatte er sich in seiner Jugend nicht eine Hochzeit unter der Chuppa erträumt?‹

»Zur Hochzeit erhielt ich von meiner Mutter die Familienbibel von 1870 und den silbernen Familiensegensbecher von meinem Urgroßvater Joachim. Anfangs wohnten wir in Moabit in der Nähe von Erhardts, später am Breitenbachplatz, Ganghofer Straße 4. Unsere Hochzeitsreise führte uns durch das Mittelmeer, wir betraten damals erstmals für zwei Tage den Boden Palästinas.«

Hier unterbrach er und fragte: »Soll ich weitererzählen?«

»Wenn du noch kannst, gerne«, antwortete ich, zögerte eine Weile. »Ich fragte mich oft, was das Wesen deiner Liebe für Mama war.«

»Wie ich schon sagte, aus dem Beschützerinstinkt entwickelte sich eine heftige Zuneigung, obwohl wir so verschieden waren und blieben. Helene war sehr lebenslustig, sie brachte Farbe, eine Art Fröhlichkeit, in mein Leben. Wir haben sehr viel zusammen unternommen, viel gelacht, in Berlin war viel los in diesen Jahren. Es gab auch Diskrepanzen zwischen uns. Ich war in der zionistischen Bewegung aktiv, habe gern gelesen, war jüdisch liberal erzogen. Helene war Protestantin, in ihrem Elternhaus gab es wenig Bücher, ein preußisches Elternhaus mit Kaisertreue, Zucht und Ordnung. Für die politischen und gesellschaftlichen Ereignisse der Weimarer Republik und das Naziregime interessierten sie sich nicht. Ich war selten dort. Ihr Vater erzog die Kinder mit dem Rohrstock. Sie allerdings wurde von ihm nie geschlagen. Seine Lieblingstochter war sie. In meinem Elternhaus gab es keine Schläge. Meine Mutter versuchte im Gespräch und mit Zuwendung, uns Kinder zu erziehen. Deshalb hingen wir auch sehr an ihr. Wir nannten sie liebevoll ›Mamah‹.«

»War es nicht doch im Hause Müller eine sehr andere Welt als die deine?«

»Wohl. Ich liebte Helene und stellte mir vor, was auch immer kommt, mit ihr, durch ihr unbeschwertes Wesen, die Zukunft gemeinsam bewältigen zu können. Wir waren jung und glücklich miteinander. Du darfst nicht vergessen, wir waren Deutsche und hier zu Hause!«

Ich fragte nach der Reaktion seiner Familie auf die Heirat mit einer nicht-jüdischen Frau.

»Meine drei jüngeren Schwestern, damals noch unverheiratet, versuchten immer wieder, zwischen Helene und mich einen Keil zu setzen. In ihren Augen war Helene ein Eindringling in die Ahnengeschichte unserer Familie. Sie hätten lieber eine jüdische Frau an meiner Seite gesehen, eine kluge Bella und keine schöne Müllerein, wie deine Mutter mit Geburtsnamen hieß. Aber meine Mutter hat sie früh angenommen und sie später auch in die jüdische Küche eingeführt. Du kannst dich erinnern, ihr ›gefillter Fisch‹ hat immer sehr gut geschmeckt.«

*

»Dann kam das Jahr 1933.«

Das Gesicht meines Vaters verfinsterte sich.

»Zunächst am 1. April der ›Judenboykott‹, am 1. September verlor ich meine leitende Position. Ich hatte noch verschiedene beratende Tätigkeiten und nachdem ich als Aufsichtsratsvorsitzender ausscheiden musste, war ich weiterhin Aktionärsvertreter der Firma. Es wanderten allmählich immer mehr Freunde aus, manche auch nach Amerika, die meisten allerdings nach Palästina. Zwei gute Freunde aus der Studienzeit haben sich in den folgenden Jahren das Leben genommen, als sie für sich keinen Ausweg mehr sahen. Helene hat sehr unter dieser zunehmenden Bedrückung und Bedrohung gelitten.

Zwei Jahre nach unserer Hochzeit verlor Helene im achten Monat unser erstes Kindchen, einen Jungen, durch eine Totgeburt. Ich weiß noch, es war ein Sonntag. Es war sehr schmerzlich für uns.«

Ich merkte, wie dieser alte Schmerz in meines Vaters Erinnerung erneut aufkam.

»Sie wurde in der Privatklinik eines Bundesbruders Unter den Linden behandelt. Als sie stationär lag, besuchte sie Freiherr von Bülow, der Vater ihres einstigen Verlobten. Er kam mit der Bitte seines Sohnes, der mit einem unheilbaren Hirntumor in der Charité lag, Helene noch einmal vor seinem Tod zu sehen, sich bei ihr zu entschuldigen und Abschied zu nehmen. Sie konnte in ihrer Verfassung dieser Bitte nicht folgen. Peter von Bülow starb wenige Tage später.«

Mein Vater unterbrach: »Auch wenn es schwer ist, bin ich froh, mit dir darüber reden zu können, und danke dir.«

Ich fühlte mich glücklich, dass mir die Jahre nach dem Tod meiner Mutter diese offene Beziehung zu meinem Vater ermöglichten, dass wir beide überhaupt einen Zugang zueinander fanden und über alles reden konnten. Das war vor ihrem Tod undenkbar gewesen.

»Was dann folgte, waren sehr schwere und traurige Jahre für uns beide. 1935 verlor Helene erneut ein Kind im siebenten Monat, wieder durch eine Totgeburt.«

Grausig! Tote Kinder zu gebären ...

»Kurz darauf erlitt ich als Beifahrer in meinem Dienstwagen bei einem Unfall eine Kopfverletzung. Der Wagen kollidierte in Halensee mit einem Reiter, der vom Reitpfad im Grunewald kommend, die Vorfahrt missachtete. Reiter und Fahrer waren schwer verletzt, ich erlitt eine Gehirnerschütterung und mehrere Platzwunden und wurde in die Charité gebracht, wo einst Helenes Verlobter starb. Ich ließ mich aus Furcht, da mich Himmler bereits wegen meiner zionistischen Aktivitäten suchte, nur mit lokaler Betäubung am Kopf nähen und verließ, entgegen dem ärztlichen Rat, die Klinik. Helene zitterte vor Angst. Ein Bundesbruder, Walther Schwarz, vom Kartell Jüdischer Verbindungen, ein Internist, der keine Patienten mehr hatte, kam täglich zu uns und versorgte die Wunden. Kurz darauf hat er sich zusammen mit seiner Frau, die schwer zuckerkrank war, mit einer Überdosis Insulin das Leben genommen. Sie hatten keine Kinder und wollten nicht auswandern.

Der Alltag wurde immer enger und finsterer um uns. In unserem Haus am Breitenbachplatz lebte eine Gräfin von Zitzewitz, die häufig von ihrem Sohn, der Botschafter in Moskau war, mit einem Sonderkurier Kaviar und Krimsekt geschickt bekam. Sie mochte Helene sehr und klopfte immer an die Wand, wenn die russischen Köstlichkeiten angekommen waren. Dann aßen und tranken sie gemeinsam. ›Sie sind für mich wie eine Tochter‹, sagte sie dann alkoholisiert ... Deine Mutter mochte sie auch. Es war im April 1936, als sie uns im Treppenhaus nicht mehr grüßte. Helene litt sehr darunter. Ich war ebenfalls sehr betroffen. Auch auf der Straße veränderten sich die Gesichter der Menschen.«

»Ich habe das SS-Gesicht gesehen«, schreibt Haffner Jahre später ...

»Wir beide wollten Berlin nicht verlassen, besonders Helene nicht, die sehr an ihrer Stadt hing. Ich natürlich auch, aber es blieb uns keine andere Wahl.

Wir beschlossen auszuwandern.«

Immer fand ich den Namen falsch, den man
uns gab: Emigranten .
Wir wanderten doch nicht aus nach freiem
Entschluss ... sondern wir flohen,
Vertriebene sind wir,
Verbannte ...
Entkommene.

Bertolt Brecht

»Warum seid ihr eigentlich nicht nach Amerika ausgewandert?« Diese Frage beschäftigte mich – ich wäre gerne in New York aufgewachsen.

»Möglichkeiten hätte es gegeben. Ich hatte Beziehungen und Bekannte dort. Ich war Mitte dreißig und war gewillt, etwas Neues aufzubauen. Wir hatten Palästina schon einmal auf unserer Hochzeitsreise gesehen. Ich wollte ein Land zusammen mit seinen Ureinwohnern neu aufbauen. Das stellte ich mir in meinen zionistischen Gedanken vor. In Amerika gab es damals auch Diskriminierungen und die Historie wiederholt sich. Außerdem war Palästina nicht so weit weg von Europa. Der Weggang von meiner Heimat fiel auch mir sehr schwer. Plötzlich ein Heimatloser zu sein – überall ein Fremder.

Kurz vor der Abreise erschien die Gestapo bei uns. Ich war gerade in Italien, in Bozen, um Ausreiseformalitäten zu erledigen, und traf mich zuvor in der Schweiz mit einem Bundesbruder, Dr. Max Nußbaum von der zionistischen Organisation, um Emigrationsmöglichkeiten für Ostjuden zu klären. Helene wurde eine Trennung aus dieser ›schändlichen Ehe‹ nahegelegt. Sie suchten mich auch bei meiner Mutter in der Nürnberger Straße. Helene war gerade wieder schwanger. Ich beriet mich telefonisch mit Kollegen in Berlin und unterzeichnete auf ihren Rat in der deutschen Botschaft in Bozen eine generelle Verzichterklärung über meine gesamten ökonomischen Ressourcen zugunsten von Helene, das heißt, meine komplette Enteignung.«

Ich fragte mich, wie mir wäre, müsste ich alles – mein ganzes Leben – stehen lassen und binnen Stunden verschwinden: Welche Ängste und Demütigungen und dabei Schritt für Schritt weitergehen und in einem anderen Teil der Erde neu anfangen und hoffen ...

»Dann täuschten wir eine Scheidung vor. Zu diesem Zweck erhielt ich eine befristete Aufenthaltsgenehmigung von einer Woche nur für Berlin. Wir bereiteten gemeinsam unseren Auszug vor. Meine gesamte große Bibliothek, die ich von Onkel Leiser geerbt hatte, habe ich in Berlin stehen gelassen. Nur vereinzelt nahm ich Bücher mit. Ich erinnere mich noch an: Thomas Mann, Morgenstern, Kafka, Goethe, Feuchtwanger, Hauptmann, Büchner und Heine. Es waren noch einige mehr. Das war im Oktober 1937.

In Berlin blieben meine Mutter, inzwischen achtundsechzig, mit meiner Schwester Emma zurück. Ferner meine Brüder Eduard und Walter, die später in der französischen Résistance untergetaucht sind, sowie Helenes Familie. Ich erinnere mich noch an das Bild meiner Mutter, als sie uns zuwinkte am Bahnhof Zoo.

Dieses letzte Bild von ihr trage ich in mir.«

Ich saß ihm gegenüber und versuchte mir dieses letzte Bild, ihren letzten Anblick, vorzustellen. Ich fühlte das Bild aus seiner Erinnerung: Eine alte Frau, zehn Menschen geboren, zwei dieser Menschen tot, jetzt steht ihr Lieblings-Mensch vor seiner Verbannung ...

✶

»Wir fuhren von Triest mit der ›MS Jerusalem‹ nach Haifa.«

Ich wollte mehr und ausführlicher über diese Odyssee erfahren.

»Ab Bahnhof Zoo war unsere Stimmung sehr bedrückt. Abschied von unserem bisherigen Leben. Helene weinte viel, hielt sich dabei ihren schwangeren Bauch und tröstete sich mit dem kleinen Pekinesen, ›Jucky‹, der in ihrem Muff versteckt war. Über München und Innsbruck kamen wir nach über sechsunddreißig Stunden, nachmittags an einem trüben Oktobertag in Triest an. Die meisten Fahrgäste im Zug sprachen Deutsch, heimatlose Wanderer, Auswanderer. Das Wetter entsprach unserer Stimmung. Es wehte ein rauer Wind, es war nasskalt, dann begann ein Nieselregen, man war durchgefroren. Am Kai fielen sogleich die überdimensional großen Koffer auf; die Menschen, die zu diesen Koffern gehörten, waren in langen Wintermänteln, die meisten ›behütet‹, in Gruppen, zuweilen mehrere Generationen beieinander, manchmal nur Paare und selten einzelne Reisende. Sie sprachen wenig und leise, meist Deutsch, manche kannte ich, viele Akademiker ... «

›Exodus deutscher Köpfe.‹

»Auf dem Schiff hielt sich Helene mit unserem blinden Passagier, ›Jucky‹, meist in der winzigen Kabine auf. Nachts bin ich heimlich mit dem Tier an Deck gegangen. Über dem Schiff war ein klarer Sternenhimmel, ich erkannte die Venus, die Kassiopeia und deutlich die Milchstraße; dieselbe, die wir fünf Jahre zuvor von diesem Meer aus bei unserer Hochzeitsreise anblickten, damals mit anderen Gefühlen und großen Hoffnungen. Im Licht des Halbmondes glänzte das Meer silbrig. Hier und da traf ich Bekannte aus Berlin, man grüßte, sprach wenig miteinander. Die meisten beschäftigte die Frage, wie geht es weiter? Wo schläft man die erste Nacht? Und dann?! Mir fiel schon am Kai eine schmale junge Frau auf, um die zwanzig, die alleine war. Auf dem Schiff wirkte sie sehr bedrückt und einsam, sie sprach mit keinem, es war eine Stille um sie. Nach zwei Tagen war sie nicht mehr gesehen – von der Schiffsfläche verschwunden ...

Kurz bevor das Schiff in Haifa anlegte, als der Carmel von weitem sichtbar wurde und die ersten Häuser noch klein erkennbar, fing an Deck ein leises, kaum hörbares Summen an, ganz leise Worte und Klänge der Hatikva; es wurde langsam lauter, immer mehr kamen, standen an der Reling, stimmten ein, sangen mit, so sie die Worte kannten. Schließlich wurde es ein lauter Gesang ... «

»Aus der kaum vernehmbaren Stille der bedrückten Heimatlosen, der Nirgendwo-Hingehörenden, wurde ein anschwellender Chor der zuversichtlich Hoffenden«, sagte ich.

Mein Vater nickte. »Vielen standen Tränen im Gesicht.

Wir waren kaum angekommen, als Helene erneut im achten Monat unser Kindchen verlor. Sie weinte tagelang. Ich hatte Angst um sie. Wir hatten keine Zeit zum Trauern.«

Kein Anhalten, kein Erbarmen.

»Die Welt verfinsterte sich zunehmend. Sie war noch jung. Wir hatten, es blieb uns keine Wahl, an einen Neuanfang gedacht in einem Land, das keineswegs mit dem Berlin der 30er Jahre verglichen werden konnte. Die Hauptstraße von Haifa nach Tel Aviv war in jener Zeit ein sandiger Weg, auf jeder Seite einspurig befahrbar. Wir hatten den Willen und den Geist, neu anzufangen. Helene schien manchmal resigniert zu haben. Sie fühlte sich fremd, niedergeschlagen, als gäbe sie auf und weinte viel.«

»Warum konsultiertet ihr damals nicht einen Spezialisten?«

»Helene weigerte sich strikt, sie lehnte es auch ab, die Sprache zu erlernen.« Wieder wurde mein Vater traurig. Ich bot ihm einen Campari an, nur mit einer Limone, wie er es liebte. Ich zögerte, weiter in die Tiefe seiner Seele einzusteigen.

Ich fragte ihn, wie er mit diesen Verlusten und mit diesem Schmerz umgegangen war: »Warst du denn nicht auch traurig und konntest du dir ein Leben ohne Kinder vorstellen?«

»Natürlich war auch ich tieftraurig, denn wir wollten mehrere Kinder haben. Wir waren beide aus kinderreichen Familien. Bei Mama waren es sieben und wir waren zehn. Ich habe alles mir damals Mögliche getan, um sie zu erfreuen. Wir haben Nechamia zu uns genommen eine junge Frau, die einige Jahre zuvor mit ihrer Familie – auf mehreren Eseln – aus dem Jemen gekommen war. Sie sprach kein Wort Deutsch.

Das lernte sie bei uns. Sie war jeden Tag da. Viel war gar nicht im Haushalt zu machen. Dadurch war Helene aber nicht alleine.«

Vielleicht hatte er auch Angst um sie gehabt, sie könnte sich umbringen.

»Wie haben die beiden sich unterhalten? Mama sprach kein Wort Hebräisch und Nechamia kein Wort Deutsch.«

»Ich weiß es nicht, ich war selten dabei«, sagte er lächelnd. »In einem Gemisch von vielen Sprachen, manchmal auch mit den Händen. Ich stürzte mich in die Arbeit. Es gab viel aufzubauen und dann begann der Krieg.

Am 4. November 1940 gebar Helene, sie war jetzt zum vierten Mal schwanger, ein Frühchen von knapp fünf Pfund, ein Mädchen. Wir bekamen es kurz zu Gesicht, für Minuten hielten wir den kleinen warmen Körper in unseren Händen, bevor es in die Kinderklinik gefahren und an ein Beatmungsgerät angeschlossen wurde, am zweiten Tag quittierte ich den Erhalt der Geburtsurkunde für unsere ›Susanna Tamara‹. Sie zog sich eine Lungenentzündung zu, schwankte drei Tage zwischen Leben und Tod und starb.

Ich musste Helene die Nachricht überbringen, sie schrie und schrie vor Schmerz. Für uns alle war es ein tragisches Ereignis. Was blieb? Ein leeres Kinderbettchen mitten in einem Blumenmeer ...«

... Ich holte Luft

– Pause ...

Ein auf Tod eingerichtetes Leben. Welche Ohnmacht! Vier Kinderleichen. So viel ungelebtes Leben. Hast Du, Gott, ihren Schmerz gehört? Sprach er mit ihm? Wollten diese Kinder auf dieser Welt nicht leben? Gibt es noch Worte? Hoffnung? Ein Lied am Abgrund – Kindertotenlieder ...

Er weinte

Ich weinte

Ich ging zu ihm, hielt seinen Kopf: Armer Erlkönig!

»Zusammen mit meinen alten Freunden Ernst Mandelbaum und Walter Erhardt habe ich das kleine Geschöpf, nur in ein Tuch gehüllt, auf dem Trumpeldor-Friedhof in Tel Aviv zu Grabe getragen. Ich bemühte mich, meine Hände ruhig zu halten und nicht zu zittern und fühlte die Kälte des winzigen Körpers. Unter Tränen betete ich leise das Kaddisch.

Das war der schwerste Gang meines Lebens.«

Er wirkte so betroffen, sagte aber, »mir tut es gut, darüber mit dir zu reden und ich danke dir, dass du mich anhörst.«

»Mir ist es auch wichtig, Papa, das von dir zu hören.«

»Helene war sehr verzweifelt in den folgenden Monaten. Ein Zurück nach Deutschland war durch den Krieg unmöglich und für sie ein Leben in einem jüdischen Land, ohne Kinder, unvorstellbar. Sie war sehr unglücklich. Wir suchten ärztlichen Rat auf. Sie bekam zur Beruhigung Luminaletten. Das viele Leid hat uns enger aneinander gebunden.«

Auch ich war beim Zuhören immer trauriger geworden und spürte die Last dieser vielen toten Kinder.

»Es tut mir gut und ich bin froh, dass wir beide darüber sprechen können. Ich habe über mein Leid nie jemandem etwas erzählt und mit Helene, das kannst du dir denken, konnte ich nie darüber reden.«

Immer wieder fragte ich, wie sie mit diesem Schmerz fertig werden konnte. »Heute können manche Patienten einen einmaligen Verlust kaum aushalten und verlieren den Mut zum Leben. Aber ihr, damals? Erst aus eurer Heimat vertrieben zu werden, alles aufzugeben, von dem pulsierenden Leben in Berlin in das damalige Wüstenland, wo die Sonne brannte und es Unruhen gab. Sozusagen vom Ku'damm weg zur Ben-Jehuda ...«

»Ja«, sagte er und seine Stimme zitterte, »gewiss, heute betrachtet war das ein Erdrutsch. Bertolt Brecht, der ebenfalls Deutschland verlassen musste, hat einige Jahre später im Exil ein Gedicht geschrieben, in dem er uns ›Vertriebene, Verbannte und Entkommene‹ nannte. Ja, das waren wir. Und hier ging es dann ums Überleben. Es war eine große gemeinsame Not unter den Emigranten aus Europa, die damals überwiegend Deutsche waren, gemeinsame Not schmiedet – wir rückten alle enger zusammen. Jeder half jedem, ob mit Teller, Löffel, Stuhl oder Bett. Es war sehr eng in jeder Hinsicht, aber Enge wärmt auch. Es war eine Ballung von Leid und Energien. Jeder musste jeden halten. Manche haben leider trotz gelungener Flucht sich dann in diesem Land noch das Leben genommen. Es gab viele unglückliche Menschen, viele Krankheiten und Not.

Ich machte mir Gedanken, wie unser Leben weitergehen soll. In unserer Nähe gab es in Tel Aviv ein Waisenhaus. Bei einem abendlichen Spaziergang schlug ich Helene vor: ›Lass uns dort mal hineinschauen.‹ Ich konnte den Satz kaum zu Ende sprechen, als sie laut sagte: ›Ein fremdes Kind kommt nicht in Frage.‹ Ich fügte hinzu: ›Sieh doch! Auch ich hatte einen Ziehvater, der mir mehr gab und mich mehr geprägt hat als mein leiblicher Vater.‹ Sie antwortete nicht und weinte nur. Also zogen wir in den darauffolgenden Wochen viele Kapazitäten zu Rate. Es gab ja genug. Sie waren alle aus Deutschland emigriert. So die beiden Gynäkologen Aschheim und Zondek, die, wie du ja wissen wirst, eine bekannte Schwangerschaftsnachweisreaktion entwickelt haben. Mama konnte ja schwanger werden. Nur gelang es ihr nicht, die Kinder bis zum Schluss zu halten.«

»Wer weiß? Sie war vielen psychischen Belastungen ausgesetzt und möglicherweise lagen auch Widerstände vor. Heute würde man einer solchen Frau auch psychotherapeutisch helfen«, sagte ich.

»Ja, du magst recht haben«, sagte mein Vater. »Sie wurde von da an regelmäßig betreut. Wir sollten ein ganzes Jahr warten bis zur nächsten Schwangerschaft, was uns natürlich schwerfiel.

Eineinhalb Jahre waren vergangen, als Helene wieder schwanger war. Der Krieg hatte sich in ganz Europa ausgedehnt. Es waren schon deutsche Bomben auf Tel Aviv gefallen, es gab Tote, Hitler bedrohte auch Palästina. Er hatte sich schon mit dem Mufti von Jerusalem zusammengetan, um gemeinsam mit den Arabern mit einem Zangengriff vom Norden aus, über den Kaukasus kommend, durch Syrien und vom Süden über Afrika Palästina einzunehmen und hier dann die entkommenen Juden alle zu vernichten. Es wurde propagiert wie ein Weltuntergang. Aber wir in diesem Land, die Menschen, auch Helene und ich, haben die Hoffnung nie aufgegeben.

Strikte Bettruhe war angeordnet, seit dem dritten Monat. Es fiel ihr sehr schwer, dies durchzuhalten, sie hat sehr zugenommen, von fünfzig auf achtzig Kilo. Es wurde vermutet, sie trage Zwillinge. Unser Hund ›Jucky‹ lag den ganzen Tag neben ihrem Bett. In dieser Zeit gab es viele Unruhen im Land zwischen jüdischen Untergrundorganisationen und der englischen Mandatsregierung. Die ›Etzel-‹ und die ›Lechi-Organisation‹ überfielen Munitionsdepots der Engländer, um an Waffen zu gelangen und töteten dabei britische Soldaten. Helene war im neunten Monat schwanger, erstmals, und alle bangten. Kurz vor ihrer Niederkunft verhängte die Mandatsregierung für die nächsten Tage Ausgangssperre über das ganze Land, da zwei jüdische Widerstandskämpfer von den Briten in Akko erhängt wurden. Eine weitere hinzugezogene Berliner Gynäkologin, Käthe Berg-Platow, machte mit dem Krankenwagen Hausbesuche. Sie organisierte für uns eine Sondergenehmigung und so sind wir an einem Sonntagabend über die leere Ben-Jehuda-Straße, in der wir wohnten, in die ›Assuta‹ geeilt, wo du zehn Minuten vor Mitternacht auf die Welt gekommen bist. Du warst kein Zwilling, nur sehr groß.

Wir waren überglücklich.

Du wurdest unser erstes lebendes Kind. Unser Glück war unbeschreiblich, auch unsere Erschöpfung …«

Er schien aufzuatmen, auch ich. Es hatte mich angestrengt, ihm zuzuhören, dieses Ausmaß an Leid auszuhalten, denn es betraf mich ja auch. Dem Tod der vielen Vorgeschwister verdankte ich mein Leben. Ich verbat mir so zu denken, welch uneinlösbare Hypothek!

Manches Mal wollte ich diese Ereignisse aus meiner Biografie rausschmeißen und mir vorstellen, ich sei woanders, irgendwo in einem anderen Land geboren worden, einfache Eltern, keine Emigranten, zwischen Geschwistern, ohne Idylle, ohne Verehrung, ohne so viel Aufwand, ohne Anstrengung, ohne so viel Leid und Tod, ohne vorherige Bestimmung, und ohne den permanenten Druck einer Verpflichtung. Diese Geschichte verbat mir in meiner Jugend jegliche Rebellion!

Er holte mich aus meinen Gedanken zurück.

»Ich möchte dir auch das Ausmaß unserer Freude beschreiben, an der auch viele Freunde teilnahmen und dir nur einige der Briefe zeigen, in denen du unter anderem auch über die damalige Stimmung unter den Emigranten lesen kannst.«

Immer wieder las ich diesen Satz:

»Gerade weil wir wissen, welche Opfer Ihr immer wieder auf Euch genommen habt, können wir Eure Freude besonders mitempfinden.«

Das schrieb ein Bundesbruder.

Ein anderer, Herbert Bry, vormals Notar in Berlin, schrieb an meinen Vater aus Haifa:

»Leider kann ich Dir nicht persönlich die Hand drücken, da mein ›Inneres‹ etwas in Unordnung geraten ist, schlechte bis keine Nachricht von meiner Familie aus Deutschland ... Aber auch auf diesem Wege kann ich Dir versichern, dass ich Dir und den Deinen alles erdenklich Gute wünsche, besonders aber Gesundheit, verklärt durch etwas Sonne für das jüdische Volk.«

Ein anderer Brief ließ mich schmunzeln, der von Isidor Markus Borgenicht aus Jerusalem, ehemals Frankfurt:

»Es ist zwar nicht Sitte im Heiligen Lande, den Eltern zur Ankunft einer Tochter zu gratulieren, aber aus Freude an dem von Ihnen ersehnten und nun glücklich erfolgten Familienzuwachs sehe ich von dem üblichen ›Minhag‹ ab und sende Ihnen zur Ankunft Ihrer Stammhalterin meine herzlichsten Glückwünsche.«

Mein späterer Kinderarzt, Dr. Kurt Böhm, ebenfalls ein Bundesbruder aus Berlin, schrieb aus Tel Aviv:

»Ich freue mich wirklich aufrichtig mit Ihnen, denn wie Sie ja vielleicht schon von mir wissen, finde ich, dass Kinder das Einzige dieser Welt sind, was sich wirklich lohnt, und ich wünsche Ihnen, dass Sie trotz aller Sorgen, die sicher nicht ausbleiben werden und wohl auch nicht ausbleiben dürfen, immer das Glück empfinden, ein Kind zu haben.«

Ein weiterer Bundesbruder, Dr. Martin Ascher, ein Chirurg, früher Berlin, schrieb an meinem Vater aus Jerusalem:

»Ich denke mir, dass Du ein recht glücklicher, aber auch ängstlich nervöser Wöchner bist. Letzteres ist meist von Übel.«

Ein weiterer Brief, der damals aus Warschau kam, bewegte mich:

»Von Leon Loewenkopf aus Warszawa, Jaworzynska Nr. 7

Liebe Freunde, durch Kottler erfahren wir eben auf Umwegen von der glücklichen Geburt Eurer Tochter und sind darüber höchst erfreut. Wir wollen nur hoffen, dass dieses Ereignis einen ganz neuen und glücklichen Umschwung in Euer Leben bringen wird. Das Leben hier wird immer enger, man bleibt möglichst zu Hause. Die Post von hier geht auf abenteuerlichem Wege zu Euch. Unsere Auswanderung trotz Kontakt zu J., der sehr hilfsbereit war, scheiterte. Unserem Schwiegersohn mit Familie gelang die Übersiedelung nach Holland. Die Gemeinde wird immer kleiner, man bleibt solide zu Hause.

Vor meiner Abreise aus Berlin traf ich die früheren Herren der Gesellschaft, Herrn Prümm und Herrn Remppis. Sie waren sehr sachlich und anständig. Dagegen in der Elektrischen, Fräulein Götzel, sehr nervös.

Grüßen Sie bitte auch Herrn Dr. Erhardt von mir und der jungen Frau Mama einen Handkuss ...«

»Was ist aus Leon Loewenkopf geworden?«

»Die Familie seiner Tochter hat überlebt. Kurz vor Einmarsch der Deutschen in Holland war ihnen die Flucht nach England gelungen. Leon und seine Frau Dora kamen um.«

Am meisten freute mich eine Karte, die an mich gerichtet war nach Palästina mit der schwer lesbaren Handschrift meiner Großmama Bianca, adressiert an: »Meine Enkelin Henrietta, Ben-Yehuda-Straße 81, Tel Aviv, Palästina«. Ich war das erste Enkelkind.

»Wie glücklich bin ich mit Deinen Eltern, dass es Dich endlich gibt. Deine Großmama.«

Dann schrieb sie an meinen Vater:

»Mein lieber Wolff, wie ich mich für Dich und Helene freue. Möge das Kind ordentlich schreien, damit die Lunge sich gut entfaltet ...«

ZWEITER TEIL

Es war vor sieben Jahren. Mein Vater lebte noch.

Ein Freund und Kollege machte mich auf einen Workshop aufmerksam, der in Jerusalem stattfinden sollte.

Und dort war es ein anderer, ein fremder Mann, der Fragen stellte, einfache Fragen, Fragen ohne Umwege, Fragen, die mich trafen, auf die es kein Ausweichen gab, Fragen, die ich mir so nicht gestellt hatte, aus Angst. Fragen, die mich an die Wurzeln und Umwege meiner Identität heranbrachten. Fragen, auch unhörbare, gedachte Fragen, Fragen in der Sprache und in dem Land meiner Kindheit. Jetzt fand ich Worte, fand eine Sprache, um den Raum zu beschreiben, in dem ich mich einsam und gefangen fühlte, in meiner Bewegungsfreiheit eingeschränkt, in den ich mich oft zurückrief: ›Da gehörst du hin, du warst, du bist und bleibst ein Opfer.‹

Und ich konnte meinen Vater immer fragen – und er antwortete.

Jetzt konnte ich meine Geschichte ergänzen und neu zusammensetzen. Früher konnte ich die Trauer nicht mit Worten denken. Sie war unbenennbar, obwohl meist vorhanden als Gefühlsqualität. Jetzt suchte ich und fand eine Sprache, fand Bilder, erkannte Zusammenhänge, konnte Umwege in meinem Leben verstehen und entdeckte neue Wege zu meiner Vergangenheit, zu den jüdischen Wurzeln meines Vaters und noch tiefer.

Ich lebte seit zwanzig Jahren in Deutschland, hatte meinen Beruf, einen Mann, und meine Kinder. Ich entschied mich zu einem Leben im Land meiner Vorfahren, gemäß der preußischen Erziehung meiner Mutter, zu einem Leben in der Sprache meiner Eltern, meiner Muttersprache und zu einem Weihnachtsbaum. Dass es mal einen Chanukka-Leuchter in meiner Kindheit gab, hatte ich in Erinnerung, auch die Matze zu Pessach, die ich gern – unkoscher – mit gekochtem Schinken aß, manchmal nur mit gesalzener Butter. Auch erinnere ich den Ärger und Unmut meiner Mutter über die vielen Matze-Krümel auf dem Teppich ... Seit meinem zwanzigsten Lebensjahr arbeitete, lebte und liebte ich hier, baute auf, übte meinen Beruf aus und hatte längst meine israelische Staatsangehörigkeit nicht mehr verlängert. Seit meine Eltern ihr Haus bei Tel Aviv aufgaben, war ich nicht mehr hinübergeflogen. Sie kamen mehrmals im Jahr hierher. Gewiss, vieles war mit Leben gefüllt und es gab viele Freunde. Und doch, neben den Konflikten des Alltags breitete sich plötzlich ein Gefühl aus von Andersartigkeit, ein Infragestellen der Zugehörigkeit, ich fühlte mich alleine und zog mich innerlich aus dem Geschehen heraus. Zunehmend spürte ich den Zusammenhang mit der Geschichte meiner Eltern.

Wer waren diesen Menschen?

Mein Vater war der Mensch, den ich am längsten im Leben hatte, und doch habe ich ihn über lange Jahre kaum, vielleicht nur ein wenig gekannt. Bis zu meinem Erwachsenenalter stand meine Mutter im Vordergrund meiner emotionalen Welt, sie beherrschte diese und uns. Das hatte zunächst äußere Gründe, denn er war während meiner ersten Lebensjahre nicht anwesend. Ein Anderer war da. Als er dann kam, war er mir fremd, war ernst, innerlich weit weg. Das spürte ich schon als Kind. Ich fürchtete mich vor ihm, war froh, wenn er, »der Störenfried«, die Wohnung verließ, um ohne seine Gegenwart die Nähe zu meiner Mutter alleine zu haben. Ich habe keine Erinnerung an irgendwelche Situationen der Nähe zwischen uns und keine Bilder von Zärtlichkeiten oder Umarmungen zwischen meinen Eltern in mir. Er war Jahrzehnte jemand, den es in meinem Leben gab, der da war, der sorgte, ein verlässlicher Jemand, der immer arbeitete, Sommer und Winter einen Hut trug, im Sommer braungebrannt, die Aktentasche meist unter den Arm geklemmt, die meisten seiner Wege zu Fuß erledigte, denn er besaß keinen Wagen. Zu Hause war er oft nervös und schrie. Wenn meine Mutter mittwochs zu ihren Rommé-Abenden ging und ich mit ihm alleine war, wovor ich mich meist fürchtete, war eine Fremdheit zwischen uns, ich gehorchte ihm nicht, dann wurde er noch ernster, meine Angst nahm zu, ich rannte durch die kleine Wohnung, versteckte mich unter dem elterlichen Bett, er schimpfte, ich rannte weiter, er hinter mir her und sagte: »Warte nur, bis Mama zurückkommt ...« Geschlagen hat er mich nie, es war wohl die Angst vor dem Zorn des damals mir fremden Mannes. Das Schlagen erledigte meine preußische Mutter. In solchen Situationen erlebte ich sie grob und eckig, wie in einem Veitstanz. Sie war für die Zärtlichkeiten und die Schläge zuständig, er für die Sicherheit, den Ernst und die Trauer – mein jüdischer Vater.

Als ich früh zu malen anfing, malte ich meine Mutter bunt mit großen Hüten, manchmal mit einer Blume in der Hand, manchmal mit einem Rohrstock, dem Taktstock ihrer Willkür, lachend und meinen Vater in dunklen Farben, manchmal schwarz mit einem großen Panamahut, ernst und traurig blickend, ein Eingesperrter in seiner inneren Emigration. Überhaupt waren sie beide so verschieden. Meine Mutter ließ sich gerne bedienen und er bediente sie, obwohl er zwei linke Hände hatte. Ob er das gerne tat, weiß ich nicht. Sie trug gerne Abendgarderobe, meist geschneiderte seidene rückenfreie Abendkleider und er lief nach einem langen heißen Arbeitstag am liebsten in Bademantel und Hausschuhen in der Wohnung umher. Sie liebte offene Türen, er abgegrenzte Räume. Sie las gerne im *Reader's Digest* und er historische Bücher und Briefwechsel. Sie liebte Gesellschaft, Menschen um sich und er wollte am liebsten alleine gelassen werden. So war es damals in meiner Jugend.

Mein Vater war meist dort anzutreffen, wo er arbeitete. Zu Hause flüchtete er in seine innere Welt, in seine Einsamkeit, weit weg, an die Pommerschen Wiesen, an den Fluss seiner Kindheit.

Meine Mutter dagegen lebte tags in Tel Aviv und nachts in Berlin. Aber auch tagsüber war sie nicht dort am Ort zu finden, sie verbrachte viele Stunden im Bett, leidend. Sie weinte viel und fühlte sich immer, als lebte sie woanders. Es schien, als sei sie aus einer anderen Zeit, aus einer anderen Welt. Sie passte nicht in dieses Land.

✶

Der Workshop war unter dem Titel »Breaking the Silence« angekündigt worden. »A post-shoah residential workshop for anybody from the second generation children of victims and perpetrators, who would like to develop their understanding of how the Shoah has affected them.«

Im Untertitel der mir später zugesandten deutschen Unterlagen hieß es: »Die zerbrochenen Verbindungen wiederherstellen ... und ein Versuch, die Erfahrungen unserer Eltern und Großeltern mit der Shoah in ihrer Bedeutung zu verstehen und in Worte zu fassen.« Es würden erstmals Kinder von Opfern und Tätern miteinander ins Gespräch kommen. Es sollte herausgefunden werden, inwieweit die eigene Identität und Lebensgestaltung durch das Erbe der Eltern und Großeltern geprägt ist. Das zugeschickte Informationsmaterial legte ich zunächst zur Seite und fragte mich:

›Was habe ich damit zu tun? Viele Jahre lebst du schon hier, warum in einer Vergangenheit, die du bislang nicht kanntest, herumwühlen? Was würde sich ändern, wenn du mehr weißt, was könntest du schon neu entdecken?‹

Meine Gedanken bewegten sich pro und contra einer Teilnahme an diesem Workshop. Ich sprach mit meinem Mann Herbert, mit Freunden, mit Kollegen, betrachtete meinen Zeitplan für das nächste halbe Jahr und von Tag zu Tag wuchs meine Entschlossenheit, nach Jerusalem zu fahren.

✶

Ich bereitete meine Reise nach Israel vor. Mein Vater kam aus Tel Aviv angeflogen. Er betreute während meiner Abwesenheit unser Zuhause, Kinder und Wohnung.

Mein Mann hatte sich nach einer erneuten Auseinandersetzung von uns räumlich getrennt. Meine Kinder waren nicht unsere Kinder, denn unsere Kinder durften nicht leben. Er hatte seine Kinder aus seiner Ehe und ich hatte meine Kinder, nachdem ich unsere verlor, alleine adoptiert. Dennoch gab es zwischen uns viel *good-will*: Gemeinsame Reisen, Einladungen, gemeinsame Feste, eine durchschnittliche unerotische Sexualität, sehr unterschiedliche Elternhäuser, unterschiedliche politische Einstellungen von rechts bis links, unterschiedliche Tageszeitungen, unterschiedliche Auffassungen von Menschen, von Menschen in der Not, von seelischer Not, von Bedürftigkeit, von Ansprüchen, von Grundbedürfnissen nach Abgrenzung und Wahrung von Grenzen. Jeder von uns hatte sein Studium mit Promotion abgeschlossen. Er war lehrend tätig, ich beschäftige mich mit den Nöten der Menschen. Entgegengesetzt waren unsere Meinungen bezüglich der Umweltzerstörung, der Parteien und des Holocausts. Was hat uns also verbunden? Als ich ihm begegnete, ich war Mitte dreißig, hatte ich eine mühsame, schwierige, quälende Beziehung hinter mir, mit einem schönen narzisstischen Mann, der Adorno und Bloch verehrte und seine Lust nach Laune portionierte ... Mehr eine Art Trostbeziehung nach dem schmerzvollen Ende meiner ersten großen Liebe. Als ich Herbert traf, es war in Berlin im Theater am Schiffbauer Damm, bei Brechts *Trommeln in der Nacht*.

Ich besuchte eine befreundete Malerin, mit der ich ins Theater wollte, die aber erkrankte. Herbert kam nach Berlin zu einer Rektorenkonferenz, lebte in Trennung von seiner Frau, bei der die Kinder blieben. So stand ich vor Beginn der Aufführung im Vorraum des Theaters, eine Karte zeigend, in der

Hoffnung, sie noch verkaufen zu können bzw. »an den Mann zu bringen« – und da kam er auch schon angerauscht, im wehenden Mantel. »Haben Sie noch eine Karte übrig?« Ja, die hatte ich, für ihn ... und so saß ich nicht nur während der Aufführung neben ihm, sondern auch danach mit ihm im Theaterrestaurant. Er erzählte viel von sich, seine Kindheit, sein Studium bei Horkheimer, Abkehr vom linken Gedankengut, bis zu seiner damaligen Tätigkeit an einer renommierten Hochschule. Es wurde spät – wir erzählten lange – dann setzte ich ihn in seiner Pension ab.

Am nächsten Tag trafen wir uns wieder. Was zog mich damals zu ihm hin? Seine Andersartigkeit, seine Fröhlichkeit oder vielmehr eine bestimmte Unbekümmertheit, auch eine gewisse Art von unmittelbarer Sexualität. Es gelang ihm, mich von mir selber abzulenken. Ob ich ihn wirklich liebte? Vor allem aber wollte er mich – und mich bald bei sich haben. So konnte ich dem katholischen, konservativen Bayern entfliehen und seiner braunen Geschichte. Endlich zurück nach Hamburg nach Jahren der psychiatrischen und psychoanalytischen Ausbildung. Ich kam gerne nach Hamburg zurück und alsbald zogen wir zusammen in eine große Wohnung. Er musste für Frau und Kinder bezahlen und ich bezahlte unser gemeinsames Leben: Die Miete, die Maklercourtage, die Kaution, sogar das Telefon bezahlte ich, und wenn er ein Brot aus der Stadt mitbrachte, meinte er, er bekäme noch vier Mark fünfzig von mir ... Ich schenke gerne, also kaufte ich manche Brote, Krawatten oder Oberhemden. Vieles sah und wollte ich nicht sehen. Also schaute ich weg und ›wie es da drinnen aussieht ...‹, musste ich nur vor mir selber legitimieren.

In unserer Wohnung richtete ich mir ein winziges Refugium neben der Küche ein, das kleine ehemalige Dienstmädchenzimmer. Das große Fenster schaute auf einen grünen Innenhof, wo im Sommer, bei offenen Fenstern, die Klänge des Klaviers und die resoluten französischen Anweisungen der Lehrerin einer angrenzenden Ballett-Tanzschule zu hören waren: »... *aux exercices mes demoiselles! Tournez! ...*«

Hier hinter der kleinen Tür schrieb ich in mein Tagebuch, malte und begann mit den ersten Nachforschungen zu meiner jüdischen Vergangenheit und zur Familie meines Vaters. Herbert argwöhnte, immer argwöhnte er, wenn ich etwas alleine unternahm, auf Seminare fuhr oder mich auch mal mit Freunden traf. »Du gehörst jetzt zu mir«, wieder war ich jemandes Eigentum. So ergab eins das andere und vieles ergab mehr, er zog aus, er zog ein, wieder aus, dann wieder zurück und als ich beschloss, zu dem Workshop nach Jerusalem zu fliegen, meinte er: »Du tust was gegen mich, gegen unsere Beziehung.« Ich fühlte mich so wenig verstanden und mein Entschluss stand fest: »Ich fahre« und seiner: »Ich ziehe aus.«

✶

»Was ist eigentlich dein Motiv, an diesem Workshop teilzunehmen?«, fragte mein Vater kurz vor meiner Abreise und fügte hinzu: »Ich habe viel darüber nachgedacht, während ich in Israel war, und würde gerne mit dir darüber reden. Sicherlich kann ich dir noch manches sagen, worüber du vielleicht nur Vermutungen hast.«

›Erstaunlich in seinem Alter‹, dachte ich. Er war bemüht, mir zu helfen, und ich wusste, es bleibt nicht mehr viel Zeit, ihn zu fragen. Er ist eines der letzten Bindeglieder zur familiären Vergangenheit. Gerade als ich anfing, meine Gedanken zu formulieren, kam mein Sohn, den der Hunger in die Küche trieb. Nun war klar, ich müsste bis zum Nachmittag warten und hatte so Gelegenheit, meine Gedanken ein wenig zu ordnen.

Als die Kinder zum Spazieren abgeholt wurden, setzten wir unser Gespräch beim Tee fort.

»Du fragst, was mich bewegt hinzufahren? Nach meiner Ausbildungsanalyse, in der ich vieles, was mit Mama und dir zu tun hatte, in unseren Beziehungen geklärt habe, habe ich mein Leben angepackt, die Praxis verlegt, dort wieder mein Leben und einen Freundeskreis aufgebaut, nach zwei Fehlgeburten alleine die Kinder adoptiert.

Es gelang mir immer, Schwierigkeiten und Wunden zu bewältigen, nicht ohne Traurigkeit. Jedes Tief brachte mich ein Stück weiter. Doch da war eine andere Trauer, an der ich zunehmend erkannte, dass sie nicht aus mir heraus stammt, ursprünglich nicht von mir und dennoch mit mir etwas zu tun hat, wahrscheinlich aber von euch bzw. euren Lebensumständen und dem, was davor war, kam. Ich will dem auf den Grund gehen. Als ich vor zwei Jahren in Auschwitz war, überkam mich dort eine tiefe Trauer, die ich physisch empfand und ich hatte plötzlich das Gefühl, das betrifft mich auch. Wäre ich damals hier und am Leben gewesen bzw. ihr hier, hätte es euch bald nicht mehr gegeben und mich dann auch nicht. Ich weiß nicht so viel von deiner Familie. Ich weiß, dass Mama unter etwas sehr gelitten hat. Ich weiß, dass sie dich betrogen hat, als du weg warst im Krieg. Ich weiß und habe gemerkt, wie sehr auch du in den Jahren gelitten hast. Ich will das jetzt genau wissen, will es verstehen, will meinen Schmerz und meine Wut auf euch, auch auf dich, abbauen, ich will mich mit dieser Geschichte, mit dieser Trauer versöhnen, damit sie mir nicht Leben wegnimmt.«

Ich merkte, wie erregt ich wurde, und fürchtete plötzlich, meinen alten Vater zu überfordern.

Er sagte: »Nein, nein, sprich nur weiter. Ich werde versuchen, dir auf alles eine Antwort zu geben.«

»Du kannst dich erinnern«, sagte er. »Vor einigen Jahren, als du Kummer hattest und wir miteinander sprachen, als ich dir den Satz aufschrieb:

›Tant mieux‹, dit Leonidas, ›nous combattrons à l'ombre!‹

Erinnerst du dich noch? Ich weiche nie aus, wenn es

schwierig wird. Ich helfe dir auch jetzt weiter, so gut ich kann.«

Wer die Vergangenheit nicht ehrt,
verliert die Zukunft.
Wer seine Wurzeln vernichtet,
Kann nicht wachsen.

Unbekannt

Am 3. September flog ich nach Tel Aviv. Wie so oft auf Flügen nach Israel gucken viele in die Gesichter der Mitreisenden, mit der unausgesprochenen Frage ›Wer ist Jude und wer nicht?‹, um schon im Himmel ihre Zugehörigkeit zu ordnen. Ich fragte mich beim Hinschauen, wer wohl unter den Mitfliegenden an dem Workshop in Jerusalem teilnehmen wird. Ich flog alleine, kannte niemanden von den Initiatoren und wer unter den dreißig Teilnehmern sein wird, war mir unbekannt. Ich war schlicht gespannt und hatte die Zuversicht, mit irgendwelchen neuen Erkenntnissen zurückfliegen zu können.

Die ersten Tage wohnte ich in der Wohnung meines Vaters in Tel Aviv. Wir hatten sozusagen unsere Wohnungen für die nächsten Wochen getauscht. Die Wohnung war mir fremd. Meine Eltern bezogen sie, nachdem sie ihr Haus verkauft hatten und ich schon längst in Europa lebte. Ihre schönen alten Möbel traten vor einigen Jahren die Rückreise nach Europa per Schiff an und standen jetzt in unserer Hamburger Wohnung. Hier in Tel Aviv standen nur noch wenige Gegenstände, die ich kannte, und es war zu sehen, zu spüren, zu riechen, hier lebt ein Mann alleine, einer, der viel auf Reisen ist. Zur Begrüßung standen Blumen von meiner einstigen geliebten jemenitischen Kinderfrau Nechamia, die immer noch einmal wöchentlich den kleinen Haushalt meines Vaters versorgte. Er selber war über achtzig, immer noch rüstig, wie in seinen besten Jahren, aufgeblüht nach dem Tod meiner Mutter. Er schien immer jünger zu werden, meist war er braun gebrannt, von seinem täglichen Bad im Meer.

In Tel Aviv traf ich mich mit alten und weniger alten Freunden, spazierte am Strand, suchte die Höhle von ›Max‹, dem ehemaligen Höhlenbewohner, der einst seine Behausung in den Sandsteinfelsen vor Tel Aviv gehauen hatte. Vor meinem inneren Auge wurden die alten Zeiten und Bilder lebendig. Damals führten Steintreppen zur Höhle, die wir als Schulkinder trotz strikter Verbote der Eltern heimlich hinaufstiegen, um Max zu besuchen. Ich sah wieder den winzigen Vorraum mit dem Ofen und daneben sein »Schlafzimmer«. Max war ein bärtiger braun gebrannter, wenig bekleideter Mann von etwa – wie alt mag er damals gewesen sein – vierzig Jahren, Deutsch sprechend und von den Einwohnern der Stadt für »verrückt« erklärt worden. Er lebte von Essensresten, die am Strand zurückblieben oder die andere ihm schenkten. Ein geflohener deutscher Jude, der wohl alles verloren hatte, auch seinen Verstand. Max war freundlich zu uns und zeigte uns stolz seine »Villa« mit Panoramablick aufs Meer, und zu Hause bekam ich eine Tracht Prügel. Solche und andere Erinnerungen kamen, auch an den ehemaligen arabischen Friedhof, der sich in der Höhe des Keren-Kajemet-Boulevards befand, wo damals Ben Gurion wohnte; jetzt steht »B.G.'s Haus« unter Denkmalschutz und wo einst die arabischen Gräber und die Kapelle standen, steht jetzt ein großes Hotelhochhaus. Dann ging ich weiter in die Ferdinand-Lassalle-Straße, früher der Ort meiner Schule, die ich von der ersten bis zur achten Klasse besuchte. Es war eine Arbeiterschule, in die meine Mutter mich widerwillig einschrieb, da in jener Zeit unsere ökonomischen Ressourcen ausbrannten. Ich erinnerte mich an Drohungen meiner Mutter, »wenn du nicht ..., dann komme ich auf hohen Absätzen und mit breitem Strohhut in die Schule!« Ich fürchtete den Spott der Mitschüler, für die eine »elegante Mutter ...« lächerlich war. Sie galt und gab sich gerne als Provokation und sprach abfällig von »dieser Proletarier-Schule«.

Die Not wurde zu meinem Glück. Die Schule war eine der Besten. Der Schuldirektor war ein »Jekke« aus Deutschland, die meisten Lehrer ebenfalls, einige wohl polnischer Herkunft. Sechs Tage gingen wir zur Schule, der Sabbat war frei. Die erste Schulstunde am Sonntagmorgen begann mit gemeinsamem Gesang, zunächst mit dem Anstimmen der *Internationalen*.

Meine Lieblingslehrer fielen mir ein: Sahava, eine junge Frau mit wunderschönen lockigen schwarzen langen Haaren, meist trug sie bunte Kleider, lehrte uns Lesen und Schreiben; Elischa, unser Klassenlehrer, von allen Mädchen sehr verehrt, ein großer, kräftiger Mann um die dreißig, mit vollem dunklen Haar und einer Locke, die immer in sein Gesicht fiel, mit dem wir viel lachten, brachte uns Rechnen bei – beide hatten tätowierte Nummern an ihren Unterarmen. Es fiel mir auch Mrs. Collins ein, unsere verehrte Englischlehrerin: Shakespeare rauf und runter, auswendig gelernt, damals unser Goethe – der nicht gelesen wurde. Bei Prüfungen verließ sie das Klassenzimmer und vertraute uns.

Plötzlich erinnerte ich mich an Daphna, das Mädchen, das uns Elischa eines Tage als neue Schülerin vorstellte. Sie war außergewöhnlich schön und traurig. »Daphna ist mit sechs alleine aus Polen gekommen, ohne Familie, ihre Eltern wurden vor ihren Augen erschossen ...« Später, erst viel später begriff ich die Ungeheuerlichkeit dieser Worte.

Die Schule war humanistisch ausgerichtet, ein Tag in der Woche war der »Arbeitstag«. Wir wurden aufgeteilt zwischen Feld, Küche, Schreinerei und Nähstube. Mädchen und Jungen nahmen an allem teil. Die Mädchen lernten neben Küchen- und Feldarbeit sägen, hobeln, schrauben, bohren und die Jungs nähen, stricken, sticken, häkeln. Alles konnte ich in meinem Leben bislang gut anwenden. Viele Jahre später in Hamburg schenkte mir Herbert einen Schlagbohrer, damit ich Regale anbringen konnte. Aus dieser Schule ist meine Klasse nahezu komplett ins Gymnasium gewechselt, das wir dann mit achtzehn abschlossen. Einige aus der Klasse sind sehr bald danach in einem der vielen Kriege gefallen. Ich dachte an sie.

Von hier ging ich zurück in die Jehoasch-Straße zur Wohnung meiner Kindheit, eine Parallelstraße vor dem Meer, zwischen Gordon- und Mapu-Straße. Das Haus, von einem einstigen Bauhaus-Architekten erbaut, steht noch da. Die großen ungleichen Balkone jetzt mit Sonnenschutzlamellen verunstaltet. An den Klingelschildern fremde Namen. Damals wohnten hier drei aus Deutschland geflohene Familien: die Doktores Moses, Barth und wir. Und da der Krämerladen von Herrn Ginsburg, wo es alles gab, auch viel Tratsch: »Wussten Sie schon ...« und viele anschreiben ließen. Tatsächlich, der Laden war noch da, unverändert, keine Spur von Modernität, alles klein, dunkel, verstaubt, als sei hier die Zeit stehen geblieben. Nur der alte Herr Ginsburg mit seiner Kippa und seinem Bärtchen, der so schön Jiddisch sprach, war nicht mehr da. Zu kaufen gab es noch alles. Auch den Laden vom Weinhändler Silbermann auf der Ben-Yehuda-Straße gab es noch. Ich ging weiter bis zur Synagoge Shawei-Zion, daneben das Blumengeschäft von Chaim. Er nannte es »Pirchei Chaim«. Das heißt sowohl »Chaims Blumen« als auch »Blumen des Lebens«. Auf der Jarkon-Straße entstand eines der modernsten Hotels, das die Sicht zum Meer versperrte. Da war auch das Stück Mapu-Straße, wo ich mir als Kind auf dem Roller eine schwere Gehirnerschütterung zuzog, als ich einem Auto ausweichen wollte und stürzte.

Wieder auf dem Weg zum Meer in der Jarkon-Straße erinnerte ich einen anderen Verwirrten, der tagelang die Straße auf und ab lief und dabei halblaut sang: »Warum bist du nicht hier? Warum bist du nicht da? Und ich war am Yam, und du warst nicht da!« An anderen Tagen sang er: »Warum bist du nicht hier? Warum bist du nicht dort? Und ich war am Platz und du warst nicht dort ...«. Manche sagten: »Der Meschuggene« und andere: »Der arme Jekke, die haben ihn kaputt gemacht ...«

So bin ich in den wenigen Tagen vor Jerusalem in meiner Erinnerung in die Kindheit zurückgefallen. In ein Land, das es nicht mehr gab. Seine Einwohner sind ausgestorben – sie waren nicht seine Ur-Einwohner. Sie sind unfreiwillig dorthin verschifft worden – aus ihrer Heimat – in eine Verbannung, wo sie überlebten ... Eine andere Welt, ein anderer Kontinent, anderes Klima, andere Krankheiten, andere Feinde. Ihre Sprache ist untergegangen, ihre Gewohnheiten, ihre Manieren, die übertriebene Höflichkeit, um die sie belächelt wurden, ihre Art sich zu kleiden, die zum dortigen Klima nicht passte – alles an ihnen war anders, auch die Blässe ihrer Haut.

Der Name dieses Landes? Auch der zweite, eigentliche weltpolitische Name ist von der Landkarte verschwunden – es waren damals nur mal 500.000 Einwohner ... nicht nennenswert ... Und das Land lebt nur noch in den Köpfen weiter, solange es einen einzigen Menschen gibt, der sich an dieses Land erinnert.

Es hieß: Jekkeland. Es lag in Vorderasien am Mittelmeer.

Jetzt konnte ich deutlicher formulieren, was ich auf dem Workshop suchen, hören, aufdecken, finden will, was in diesen Jahren meiner Kindheit hinter den Mauern des Schweigens, hinter den Schicksalen sich abgespielt hat, warum diese Menschen alle dort waren, fern ihrer Geburtsländer, viele auf den Armen nummeriert, viele abgerückt, warum sich manche umbrachten, was es mit dem Waisenhaus Ecke Shalag-Straße auf sich hatte, wo so viele kleine bis kleinste Waisenkinder aus Europa untergebracht waren und wo jetzt eine Prachtvilla steht. Ja, ich wollte auch verstehen und mehr wissen über die vielen unausgesprochenen Dinge, unausgesprochenen Gefühle, Trauer, Wut, die uns Kindern damals vorenthalten wurden oder nur in unserer Abwesenheit angesprochen werden konnten. Irgendetwas Unbenanntes fühlten wir, das »emotionale Vakuum« der Eltern. Deshalb war ich jetzt hier, um für mich die Vergangenheit aufzudecken.

Es tauchten auch Ängste vor den Täterkindern auf. Was würde bei ihnen durch den Gruppendruck durchbrechen? Welches Vokabular? Welcher Hass? Ich erinnerte mich an jenen Oberarzt Jolander in der neurologischen Uniklinik in München, der unter Alkohol die Hacken zusammenschlug und mit ausgestrecktem rechtem Arm »Heil Hitler!« rief. Während ich an München dachte, fiel mir auch eine bis damals mit mir befreundete Historikerin ein. Als sie eines Tages den Besuch ihrer Mutter erwartete, bat sie mich, an jenem Tag fernzubleiben. Ihre Mutter war immer noch eine bekennende Nationalsozialistin und sollte nicht auf mich – eine Jüdin – treffen.

Im Tel Aviv dieser Tage, in der Ben-Jehuda- oder Allenby-Straße, wurde ich in Geschäften meist auf Englisch angesprochen, obwohl ich in Hebräisch grüßte und fragte. Ich wiederholte: »Sie können mit mir auch Hebräisch sprechen.« Bald wechselten die Menschen erneut ins Englische. Ich merkte, dass sich in diesem Land viel geändert hat und ich nicht mehr dazu gehöre.

✶

Am Montagmorgen fuhr ich nach Jerusalem. Die Busstation wurde bewacht von bewaffneten Soldaten, meist Frauen. Sie schienen mir älter, als wir damals waren, vielleicht nur ernster. Die Busse waren jetzt moderner mit Klimaanlage. Vom Busbahnhof in Jerusalem nahm ich ein Taxi und klärte zuvor, ob der Fahrer gewillt war, in die Altstadt, den arabischen Teil, hineinzufahren. Der Workshop fand im legendären *American-Colonie-Hotel* statt, ein ehemaliges Stadtpalais eines Paschas, das in Ostjerusalem in der Nablus-Straße liegt. Der Taxifahrer, mit dem ich Hebräisch sprach, wollte natürlich wissen, was ich vorhätte und warum nicht die Unterbringung in einem israelischen Hotel möglich wäre. Ich fand, dass ich ihm keine Antwort im Detail schuldig war. Kurz vor elf hielt er bereits vor dem Eingang des Hotels. Ein älterer arabischer Hotelportier in wunderschöner bunter Livree half mir mit meinem Koffer. Stolz zeigte er mir Fotografien von sich und erzählte auf Englisch, er würde schon seit dreißig Jahren hier stehen.

Die Tagung sollte um 16 Uhr beginnen und wie ich an der Rezeption erfuhr, war ich die Erste, die angekommen war. Noch wäre keiner da, auch nicht von der Leitung. Ich hatte eine Anzahl von Zimmern zur freien Auswahl, auch Doppelzimmer zum gleichen Preis, ich entschied. Jetzt stand ich oben auf der Terrasse, blickte gebannt auf das prächtige Panorama Jerusalems und hatte das Gefühl, die gesamte Geschichte dieser Stadt mit einem Blick aufzunehmen. Alles war hier, von den Minaretts verschiedener Moscheen über Kirchenkuppeln, Kreuze, Synagogen, Kuppeln mit Davidsternen, bis zu Baukränen, modernste Hotelbauten, wunderbare bunte alte Dächer, Gemäuer und eine Vielfalt von Geräuschen, ein multinationaler Chor. Ich holte tief Luft, als könnte ich diese optische und geschichtliche Vielfalt nicht in einem Atemzug aufnehmen. Nach einiger Zeit erst kehrte ich in das klimatisierte Zimmer zurück, in dem ein riesiges Doppelbett stand, ein Schreibtisch und Sessel, alles in weiß. Mein kleiner Koffer schien überflüssig. Dennoch packte ich aus, genoss die Dusche und ging hinunter ins Restaurant.

Ich zog es vor, an einem kleinen Tisch draußen in dem Innenhof zwischen Oleanderhecken und Feigenbäumen zu sitzen. Während ich auf das Essen wartete, studierte ich die Architektur mit der Asymmetrie der Steine, die Vielfalt der Pflanzen, die wie in einem kleinen Paradies wuchsen, betrachtete fasziniert und lauschte der Fauna. Vor allem aber interessierten mich die Menschen, die hier saßen. Dabei genoss ich die Sonne auf meiner Haut nach dem langen feuchten und grauen Sommer in Hamburg. Mir gegenüber saß ein Ehepaar, beide um die vierzig. Sie redeten gestikulierend miteinander auf Italienisch, vielleicht auf Flitterwochen hier. Nein, zu dem Workshop schienen sie wohl nicht zu gehören. An einem anderen Tisch zwei Männer gleichen Alters, beide mit Aktentasche, die sich Notizen machten. Wohl Geschäftsleute, vielleicht Journalisten. Sie sahen jedenfalls nicht so aus, wie ich mir die Teilnehmer dieses Seminars vorstellte.

Wie sieht ein Teilnehmer dieses Workshops aus? Vielmehr, wie habe ich mir vorgestellt, könnte ein Teilnehmer aussehen, der Täter- oder Opferkind ist und hierherkommt, um sein »Schweigen zu brechen«? Trägt er das Leid des Opfers oder das des Täters? Oder geht er aufrecht, fragend, nach einer Antwort suchend? Kann er lachen? Schweigt er, guckt er aus traurigen braunen oder blauen Augen?

Als dann der arabische Kellner in einem gepflegten Englisch mit arabischem Akzent mir guten Appetit wünschte, kehrte ich aus meinen Gedanken in den Innenhof zurück und genoss die orientalische Salatmischung und die besondere Atmosphäre dieses Gartens. Die Veranstalter hatten dieses wunderschöne Haus im Ostteil der Stadt gewählt, um, wie im Programm stand, »die Last des Schweigens miteinander in einer Atmosphäre von Wärme und Geborgenheit zu tragen«.

Wieder auf meinem Zimmer sah ich auf das riesige Bett, beschloss, die linke Seite zu nehmen in der Nähe des Telefons. Ich wickelte mich in den langen weißen Bademantel ein und dachte über meine Motive nach, die mich hierhergebracht hatten. Was suche und will ich hier, was erwarte ich, was möchte ich für mich herausfinden, wie werden die anderen Teilnehmer sein? Ich dachte an das Bild, das ich kürzlich malte mit Gouache-Farben auf einer ein mal ein Meter breiten Leinwand. Ich malte einen Bildausschnitt in dem Bild, einen Ausschnitt aus einer Stadt, teils unbewohnt, teils unfertig, manche Häuser sind außerhalb dieses Bildausschnittes, auf der asymmetrisch angebrachten unteren und seitlichen Bildfläche verteilt, manche nur als Skizze erkennbar, eines gar innerhalb des aufgemalten Rahmens. An einem der Häuser, das deutlich aus dem Bild herausragt, ist ein Rundbogen zu erkennen, wahrscheinlich eine mediterrane, vielleicht orientalische Stadt. Es ist nicht deutlich, ob die Häuser aus dem Bild herausgefallen sind oder sie im Begriff sind, in das Bild eingeordnet zu werden. Das Bild, die Farben, die Formen muten sehr archaisch an und haben sicherlich mit meinem derzeitigen Empfinden, mit meinem Unbewussten einen deutlichen Zusammenhang. Welche Teile meiner inneren Welt versuche ich hier zu finden, um sie zu integrieren? Welchen Bereichen möchte ich eine klarere Form, Farbe, Bedeutung und einen Namen geben? Was steht hinter der Trauer, hinter dem Schweigen meiner Eltern? Ich möchte es kennen, verstehen, um es vielleicht abzulegen. Nein, loswerden kann ich sie nicht, nur der Druck, der Schmerz können nachlassen. Mit der Erkenntnis muss ich mich dann wohl versöhnen.

Im Bademantel ging ich auf die Terrasse, wo mich beim Öffnen der gläsernen Schiebetür die Mittagshitze empfängt. Ich blicke über das Jerusalemer Panorama, auf das sich die Farben meines inneren Bildes kurz, wie in einem Rausch ausdehnen, viel blau und ein tiefes Rot. Ich fühlte Glück und die Stimmigkeit meines Entschlusses, hier zu sein.

Über die Rezeption erfuhr ich von der Möglichkeit, Getränke und Kuchen ab drei in dem vorgesehenen Tagungsraum einzunehmen. Die vielen Eindrücke und die innere Bewegtheit machten mich hungrig. Nach einem kurzen Rundgang durch das Haus und den blühenden Garten, so habe ich mir immer ein Paradies vorgestellt, fand ich im ersten Stock den Tagungsraum. Mit leicht gewölbter Decke und einem großen arabischen Teppich in der Mitte, der an seinem Haupt zur Fensterreihe hin eine arabische Inschrift trug. Ob er aus einer Moschee stammte? Der Raum war nahezu leer und vermittelte den Eindruck, als müsse man hier knien und beten. Eine Gruppe von Stühlen war seitlich gestapelt. Keiner der Teilnehmer war hier. Ob von der dreiköpfigen Leitung schon jemand angereist war? Ein Israeli wäre dabei, ein weiterer aus England, die Dritte aus Australien. Das wusste ich aus den Unterlagen. Nur von den Dreien wusste ich die Namen und weiß, dass sie die Opferseite vertreten. Würden auch Täterkinder kommen? Während ich an einem Tischchen im Vorraum genussvoll zum Tee die Käsetorte aß, kamen ›die Ersten‹.

Eine Frau und ein Mann. Behutsam grüßten wir einander, sie gehörten wohl auch dazu. Wir gaben uns die Hand, lächelten, noch waren wir einander fremd. Die Frau schätzte ich auf mein Alter, schwarze schulterlange Haare und wunderschöne traurige blaue Augen. Die dunkelblaue Kleidung vermittelte Zurückhaltung. Sie war wohl eine Israelin und das Kind eines Opfers, dachte ich. Der Mann, mittelgroß mit dunklen lockigen Haaren und warmen prüfenden braunen Augen in einem ernsten Gesicht, schlank, sportlich in heller Khakihose und Hemd, er trug Sandalen. Sicherlich auch ein Israeli und die beiden wohl ein Ehepaar. Mir fiel nicht gleich auf, dass sie Englisch miteinander sprachen. Wir begrüßten uns auch mit einem »Hello!«, Englisch war als Arbeitssprache angegeben. Sie setzten sich dazu und schweigend versuchten wir zunächst, die ersten Eindrücke voneinander aufzunehmen.

Und schon mit den ersten Worten war das Herkunftsland am Akzent zu erkennen. Die ›dunkelblaue Frau‹ war Deutsche, der ›khakifarbene Mann‹ Israeli. Wir tasteten uns behutsam einander näher und durch das unkonventionelle englische »you« sagten wir gleich unsere Vornamen. »My name is Anna«, sagte die Frau. »I am David.« »And my name is Henrietta«, sagte ich. Sie war Richterin in einer norddeutschen Stadt und er Jugendrichter am Gericht in Jerusalem, sie kannten einander. Die berufliche Beschreibung war offensichtlich leichter als die Erwähnung der Last, die uns hierherbrachte. Zwischen uns war vom ersten Augenblick eine wärmende Sympathie spürbar. Wenn nicht miteinander verheiratet, in welcher Beziehung stehen die beiden zueinander, fragte ich mich. Und was werden sie von mir gedacht haben?

Da kam ›der Vierte‹, so nannten wir einander anfangs. Ein großer schlanker schwungvoller Mensch in gebeugter Haltung, den seine Last auf den Schultern zu drücken scheint, ein Deutscher, ein Psychologe: Hans. Diese erste gemeinsame Stunde prägte unsere späteren Beziehungen in diesem Workshop.

Die Väter haben saure Trauben gegessen
und den Kindern sind die Zähne stumpf geworden.
JEREMIA 31/29

Die Tagung begann um 16 Uhr. Es waren nur zwanzig Teilnehmer gekommen. Wir saßen in einem anfangs noch runden Kreis, der zunehmend eierte, Einzelne entfernten sich rückwärts, so als wäre die Ordnung bedrohlich. Es folgten Angaben zur Person, allgemeines Kennenlernen, mehr als die Hälfte Täterkinder, die meisten aus Deutschland, zwei Teilnehmer Israelis. Ein bewegender erster Tag, an dem jeder seine Last in die Mitte der Gruppe legte. Gleich zu Beginn sprach Gertrude unter Schluchzen und mit gesenktem Blick von ihrem Vater. Sie fühlte sich schuldig für ihn. Er hatte ihr immer das Gespräch über seine Taten verweigert. Statt Antworten bekam sie Schläge. Ganz anders Albert: Er sah alle in der Runde durchdringend mit seinen wässrigen hellblauen Augen an, als wolle er Nachfragen verhindern. Er berichtete klug, nüchtern und distanziert von seinem Vater – einem hohen Verwaltungsbeamten im Reichssicherheitshauptamt. Edith blickte Halt suchend zu den Seminarleitern; es fiel ihr schwer, Vertrauen in die Gruppe zu fassen. Sie schilderte ihr Aufwachsen bei einer Tante, das Schicksal ihrer Eltern verschwamm in ihren Tränen.

Anschließend teilten wir uns in zwei Gruppen. Wir drei ›Ersten‹ blieben zusammen, Hans ging in die zweite Gruppe. In unserer Gruppe waren die meisten Opferkinder. Die Trauer und der Schmerz auch der Anderen, der Täterkinder, waren deutlich spürbar. Mir wurde erstmals bewusst, welchem Leid, welchem Schmerz, welcher Verleugnung, welchem ängstigendem Schweigen, welcher Ohnmacht auch die Kinder der Täter ihr Leben lang ausgesetzt waren. Manchmal empfand ich Mitleid mit ihnen und glaubte, ihnen etwas geben zu müssen oder zu wollen. Das Schweigen in ihren Familien schien mir bedrohlicher gewesen zu sein als das lähmende Schweigen in jüdischen Familien. Die Qualität der Trauer und ihre Färbung war eine andere ...

Der erste Tag war vorbei, die erste Spannung abgefallen, der Abend sehr warm und wir drei ›Ersten‹ beschlossen, einen Spaziergang durch die Altstadt zu machen. Wir wollten gleich losgehen. So blieb ich in meinem Kleid und den weniger bequemen Schuhen, nahm lediglich einen Pullover mit, den ich mir um die Schultern hängte. Es war immer noch sehr warm. Die Wärme staute sich in den steinernen Straßen. Die Altstadt schien weniger hell zu sein als das jüdische Jerusalem. Hin und wieder war arabische Musik aus einem Radio zu hören. In einem Garten wurde gegrillt und fröhliche Stimmen sangen unverständliche Lieder. David ging in der Mitte, zur linken Anna, rechts ging ich. Wir kannten uns erst sieben Stunden. Nähe war spürbar, als wären wir schon lange miteinander bekannt oder schon vor einigen Tagen zusammen angereist. Wir erzählten uns mehr als in den Arbeitsgruppen, stellten gemeinsame Interessen fest, ähnliche Lektüren, verschiedensprachig, und bisherige Teilnahmen an diversen internationalen Tagungen. Anna war Täterkind. Sie war in Deutschland mit einem Arzt verheiratet. Sie hatten keine Kinder – bei der Vorgeschichte ihrer Eltern hatten sie beschlossen, kinderlos zu bleiben. Seit einigen Jahren war sie Mitglied in der deutsch-israelischen Juristenvereinigung, wo sie vor zwei Jahren David kennenlernte.

David war Jugendrichter in Jerusalem. Er war verheiratet, hatte drei Kinder und sein ältester Sohn war gerade zum Militär eingezogen worden. Die Familie seines Vaters, Großeltern und Geschwister, waren Opfer der Shoah. Er wurde in Palästina geboren. Wir schwiegen auch zwischendurch und nahmen die Schritte der anderen wahr, die auf dem steinernen Pflaster hallten. Der späte Abend war voller Geräusche, aus den Häusern, aus den Gärten, aus der Ferne Kirchglockenläuten und umherschwirrende und summende Insekten. Ich fragte mich zwischendurch, wo ich mich befand, der ganze Tag war so bewegend. Es war schon nach zehn, als Anna, die unter Zahnschmerzen litt, zurückwollte. Wir kehrten um. Im Vorgarten des Hotels war die Schwüle des Abends noch deutlich spürbar. Wir standen unentschlossen in der kühleren Halle. Ob wir im Innenhof in der mit Kerzen beleuchteten Bar noch etwas trinken sollten? Anna zog es vor, auf ihr Zimmer zu gehen und ihren Mann in Deutschland anzurufen.

Noch Englisch sprechend gingen David und ich zur Bar, wo wir beim roten Carmel-Wein die Sprache wechselten. Jetzt hatten wir ›unsere‹ Sprache: Hebräisch. Plötzlich mehr Vertrautheit.

»Und du lebst in Deutschland?«, fragte er. »Unfassbar, erzähl mehr von dir.«

Der Innenhof füllte sich. Ein mehrsprachiges Stimmengewirr. Es war nur wenig später, als David einen erneuten Spaziergang vorschlug, da er vernahm, wie wenig mir von diesem Teil Jerusalems bekannt war. Noch waren die Straßen der Altstadt beleuchtet, nur wenige Autos mit arabischen Kennzeichen fuhren vorbei. Es wurde dunkler. Vor uns im Westen der Stadt war das jüdische Jerusalem durch Licht und Geräusche lebendig.

»Ich lebe seit fünfzehn Jahren in Jerusalem, kenne mich hier gut aus.«

Meine anfängliche nächtliche Unsicherheit in diesem Teil der Stadt löste sich. Ich vertraute ihm. Der Charme der Straßen mit ihrem Auf und Ab der hügeligen Baulandschaft, manchmal waren es Treppen, verliehen mir das Gefühl, als bewegte ich mich auf Wellen, als würde ich in das Meer meiner Kindheit zurücktreiben ins Mittelmeer. Dazu trug auch die Sprache bei: Hebräisch, die Sprache meiner Kindergarten- und Schulzeit. Eine Sprache, die mich zurück in das Damals versetzte. Inzwischen waren wir auf der Rambam-Straße angelangt in Richtung zur Hebrew-University. Die tagsüber lebendige und rauschende Straße war nahezu leer, Lichter brannten noch, die meisten Rollläden der Häuser heruntergelassen. Es war nach Mitternacht und wurde etwas kühler. Meine Füße schmerzten in den unbequemen Schuhen, wir setzten uns auf eine Gartenmauer, die sich deutlich warm anfühlte. Der Jerusalemer Stein hatte tagsüber die Wärme gespeichert, die er nun abgab. Ich betrachtete den Sternenhimmel. Diese Klarheit, die Vielfalt der Sterne, welch seltener Anblick in Europa.

»Wie ist es möglich, dass du nicht hier lebst?«, fragte David immer wieder.

»Dann hätten wir uns heute hier nicht getroffen«, wich ich aus, er antwortete: »Vielleicht sogar früher.«

Als wir weitergehen wollten, schienen meine Schuhe geschrumpft zu sein, ich zog sie aus und ging barfuß. Wir kehrten um.

»In den nächsten Tagen zeige ich dir mehr von der Stadt.«

Die Straßen waren inzwischen gereinigt worden. Ich hielt mich am Rand des Bürgersteiges und hatte barfüßig das Gefühl, ich spazierte auf vorgeheiztem Boden. Es wurde kühler und wortlos legte David seinen Arm um mich. Plötzlich die Berührung des Anderen zu spüren. Mein Herz klopfte. Wir schwiegen. Was gab es zu sagen. Ich berührte mit meinen Zehen seinen Fuß, der aus der Sandale herausschaute.

»Soll ich sie ausziehen?«, fragte er und tat es schon.

Da schlenderten zwei Menschen, zwei Schicksale, vier Füße barfuß durch das nächtliche Jerusalem, in der einen Hand die Schuhe, in der anderen den Anderen haltend, über ihnen der Sternenhimmel. Wir schwiegen, bis wir das Hotel erreichten. Wie spät es war, wollte keiner wissen. Es war still, nur das Plätschern in dem Vorgartenteich war zu hören. Ich setzte mich an den Rand und im kalten Wasser spürte ich meine Füße wieder. David stand hinter mir, legte seine Arme auf meine Schultern und sagte:

»Ich möchte wissen, warum du nicht hier lebst, du musst mir das erzählen.«

»Und ich hätte gern gewusst, was für ein Mensch du bist.«

Jetzt war ich ganz wach und schlug vor, dass wir uns auf meine Terrasse setzen, um weiterzusprechen. Ehe ich mich in die weißen Pantoffeln begab, wusch ich mir in der Wanne meine Füße.

»Lass mich das machen«, sagte David. »Ich mache es gerne.« Und schon kniete er vor der Wanne und hielt meinen Fuß in seiner Hand.

Ich spürte seine Handfläche um meinen Fuß und wagte es nicht, mich zu bewegen. Welch plötzliche Intimität. Die Sprache war jetzt mein einziger Halt. Mit kräftigen Bewegungen massierte er mir beide Füße und die Beine nur bis zur Mitte des Unterschenkels.

»Jetzt du«, sagte ich.

Ich krempelte ihm beide Hosenbeine bis zum Knie hoch und nun begann das biblische Ritual auch für ihn. Wie spannend, die Füße eines Menschen zu beobachten, zu erfühlen, ehe man ihn selber kennt. Ich kannte David zu diesem Zeitpunkt nicht einmal zwölf Stunden. Ich befühlte seine Fußsohlen, massierte sie und fragte mich, wo überall auf dieser Welt diese Füße je spaziert sind. Seine Unterschenkel waren behaart, ich mochte es. Selbst auf dem Fuß- und Zehrücken waren vereinzelt Haare zu fühlen.

›Wie sinnlich‹, dachte ich.

Nach den Waschungen zogen wir die Bademäntel über unsere Kleidung und setzten uns mit einer Flasche Wasser auf die Terrasse. Vor uns eine schlafende Stadt, über uns ein sich bewegender Himmel und in der Nähe an der Klagemauer wachende Soldaten. Wir schauten einander an, als könnten wir die plötzliche Nähe zwischen uns kaum fassen.

»Erzähl!«, sagte David. »Ich möchte mehr von dir wissen. Warum bist du weggegangen und wann, warum hast du dieses Land verlassen und wie fühlst du dich jetzt dort?«

Zentrale Fragen, die mich selber oft beschäftigten und jetzt hier irritierten. »Du musst dir vorstellen«, sagte ich, »ich hatte eine christliche Mutter und einen jüdischen Vater und bin sowohl mit dem Weihnachtsbaum als auch, meinem Vater zuliebe, mit dem Chanukka-Leuchter aufgewachsen.«

Er blickte fragend, irgendwie schämte ich mich. »Es gab bei meinen Eltern zu Hause einen zusammenklappbaren Tannenbaum, ähnlich einem Schirm, der zum Heiligen Abend herausgeholt und geschmückt wurde. Viele Freunde meiner Eltern, die alle Deutsch sprachen, hatten einen christlichen Partner, meist waren es die Frauen. Nur Heiligabend gingen wir zusammen in die anglikanische Kirche in Jaffa und danach gesellten sich die Paare mit ihren jüdischen Partner alle zusammen an den großen Tisch meines Elternhauses. Hier gab es dann Karpfen blau und man sang deutsche Weihnachtslieder.«

David rückte näher und legte seine Hand auf meinen Unterarm. »Was willst du mir damit sagen?«

»Ich bin von meiner Mutter sehr geprägt worden in meinen ersten Lebensjahren und wurde nicht an das Judentum herangeführt. Mein Vater kämpfte lange auf englischer Seite in der jüdischen Brigade gegen Hitler, er war abwesend.« Ich wurde traurig, als ich weitersprach, weil es eine zentrale Frage in mir berührte.

David hielt meinen Arm fester. Ich fühlte den Druck seiner Finger und es gab mir Sicherheit. »Ich bin hier bei dir, erzähle!«

»Später bin ich mit beiden Religionen aufgewachsen. Es gab zu Pessach zu Hause Mazott, aber es gab natürlich auch Brot, wie bei vielen jekkischen Familien. Weißt du, mit vierzehn fehlte ich während der Weihnachtstage in der Schule und wurde dann vom Lehrer vor der Klasse nach meiner Abwesenheit gefragt. Unvorbereitet von meinen Eltern antwortete ich: ›Wieso, es war doch Weihnachten.‹ Ich werde den fragenden Blick der ganzen Klasse nicht vergessen. ›Wieso feiert ihr Weihnachten?‹, fragte der Lehrer und ich antwortete selbstverständlich: ›Weil meine Mutter Deutsche ist.‹ Er fragte nicht weiter. Es war eine schreckliche Situation, in der ich mich sehr alleine, hilflos und nicht dazugehörend fühlte.« Tränen kamen, ein mir bekanntes schmerzliches Gefühl.

David schwieg und hielt meine beiden Hände in den seinen.

»Als Kind dachte ich manchmal über Gott nach und damals, nach diesem Ereignis, fragte ich mich, ob da oben oder woanders viele verschiedenfarbige Gestalten sitzen, die jeder ›seinen Gott‹ nennt. Später, viel später, in meiner Analyse kam in mir Zorn hoch auf meine Eltern, die mich nicht vorbereiteten.«

»Aber dein Vater ist doch Jude, hat er dich nie in die Synagoge mitgenommen?«

»Doch, ein einziges Mal, lange nachdem er vom Krieg zurückkam. Es war ›Simchat-Thora‹. Ich erinnere mich nur an die freudige Stimmung und daran, dass ich keine Frauen sah.

Ich bin von meiner Mutter, mit der ich in den fünfziger Jahren ihre Eltern in Ostberlin besuchte, in dem Bewusstsein erzogen worden, nach dem Abitur in Deutschland zu studieren. Mein Vater hatte keine Einwände beziehungsweise traute sich wohl nicht, diese gegen meine Mutter zu äußern. England war auch im Gespräch, doch in Berlin und Hamburg hatten wir noch Verwandte. Nach dem Abitur habe ich auf seinen Wunsch, um die israelische Staatsangehörigkeit zu behalten, zwei Jahre beim Militär gedient.«

Davids Augen wurden größer, er fragte: »Du?«

»Ja«, sagte ich, »in der Luftwaffe als Funkerin. Am Ende war ich Sergeantin, habe den ›Sechs-Tage-Krieg‹ mitgemacht ...«

Er lächelte, stand auf und umarmte mich. »Also bist du doch nicht so weit weg«, sagte er.

Ich fühlte mich aufgehoben in seinen Armen, blieb aber sitzen. Ich fügte kurz hinzu: »Danach bin ich zum Studium nach Berlin geflogen und blieb.«

»Und jetzt?«, wollte er wissen.

»Seit fast zwanzig Jahren lebe ich da, habe zwei kleine Kinder, mich gerade mal wieder von meinem Mann getrennt und übe meinen Beruf selbstständig aus. Jetzt weißt du fast alles von mir und ich kenne dich noch gar nicht. Ich kenne deine Hände und deine Füße, ein wenig dein Gesicht.« Dabei berührte ich seine Nase mit meinen Fingern, als wollte ich das Relief seines Profils durch sie aufnehmen. Mehr traute ich mich nicht.

Dann erzählte er eine Kurzfassung seines Lebens. Er wäre in Haifa geboren, hätte zwei jüngere Schwestern, seine Eltern stammten auch aus Deutschland. Im Militär hätte er ebenfalls bei der Luftwaffe gedient, schließlich im Rang eines Offiziers, damals war der ›Sinai-Feldzug‹. Danach studierte er Jura an der Universität in Jerusalem und schloss eine zusätzliche interdisziplinäre Ausbildung an der *New-York-School-of-Law* ab. Nach seiner Rückkehr mit siebenundzwanzig heiratete er seine Jugendfreundin aus der Schulzeit, mit der er drei Kinder hat.

»Wir kennen uns seit über fünfundzwanzig Jahren und sind seit dreiundzwanzig Jahren verheiratet. Meine Frau ist Lehrerin an einer Grundschule in Tel Aviv. Vor zehn Jahren bekam ich den Vorsitz am hiesigen Jugendgericht. Ein Wechsel der Schule für meine Frau und die Kinder war schwierig, wir leben seitdem getrennt. Unsere Ehe, soweit man sie noch so nennen kann, existiert *de jure*. Wir haben Achtung voreinander und die gemeinsamen Kinder.« Sein Gesicht wurde dabei ernst und traurig.

Jetzt hielt ich ihn fest. Irgendetwas an dieser Trauer zog mich an. Ich fühlte mich ihm auf eine tiefe Weise verwandt.

Während wir über die Jahre unserer Biografien flogen, erhellte sich der Horizont im Osten der Stadt. Aus dem nahe gelegenen Minarett war der Ruf des Muezzin zum Morgengebet hörbar. Gegenüber spazierte eine noch müde Katze über das Dach. »Wir sollten uns noch etwas hinlegen, der Tag wird sicher anstrengend«, sagte David. Beide waren wir sehr aufgeregt und sehr müde zugleich. Drei Stunden noch bis zum Frühstück und vier bis zum Beginn der ersten Sitzungen. Wir wollten mehr Zeit haben für weitere Entdeckungen des Anderen, mehr als diese wenigen Stunden. Es war schwer, hier vernünftig zu bleiben und als David in sein Zimmer ging, lag bereits die *International Herald Tribune* vor meiner Tür. Bei der Lektüre der Überschriften schlief ich sofort ein, um nach zwei Stunden vom Wecker auf brutale Weise geweckt zu werden. Ich lag immer noch im Bademantel eingehüllt, darunter mein Kleid vom Vortag.

Augenblicke verändern uns
mehr als die Zeit
Charlotte Wolff

Es folgte ein anstrengender Arbeitstag. In den Gruppen, vor allem in der Großgruppe, wurde versucht, anhand von Träumen, Phantasien, Interaktionen und Reaktionen hinter die Mauer des Schweigens, der mitgebrachten Familienstrukturen zu schauen. Dort fanden wir unsere Trauer, unsere Enttäuschung, unsere Ängste, unsere Wut und Ohnmacht. Jeder wollte für sich herausfinden, worüber und warum geschwiegen wurde in den Familien, sollte versuchen das emotionale Vakuum zu benennen. In fast jeder Familie von Opfern und Tätern lebten Tote in den Gedanken weiter. Kinder wurden nach ihnen benannt, eine Welt der Abwesenheit ...

Wir sollten herausfinden, was uns durch dieses Schweigen abhanden gekommen war, wie jeder gelitten hat, was er entbehrt hat, wie dieses frühe Abspalten von Gefühlen im Elternhaus seinen eigenen Lebensweg bis heute geprägt hat, wie ihn der Holocaust bis heute, auch über seine eigenen Kinder, verfolgt. Gertrude und Albert gerieten in einen Streit über die richtige Kindererziehung. Gertrude vertrat das Überbemutternde bei ihren Kindern und war fest davon überzeugt, dass ihnen nur so der deutsche Ungeist ausgetrieben werden könnte. Albert verlangte von seinen Kindern Höchstleistungen in Vergangenheitsbewältigung: Trotz ihrer jungen Jahre hatten sie alle Bücher über den Holocaust lesen müssen – darüber gesprochen hatte er mit ihnen nie.

Ich sah, dass ich einen Teil an der Kollektivtrauer der Opferseite, an dem geschichtlichen Leid, zu tragen hatte, eine Art vorbewusster Trauer, die ich immer spürte. Auch Trauer über das Schicksal meiner Eltern, besonders meiner Mutter mit ihren vier toten Kindern, meine toten Geschwister, die es vor mir gab. Verluste, die sie in ihrem Leben nie verwunden hat und worin ich ihr durch meine Leistungen und vieles, was ich tat und war, in der Überwindung half, unter Verzicht und Verlust von eigenem Leben. Ich wusste, dass ich sehr geliebt wurde, doch plötzlich realisierte ich, wie ich psychisch missbraucht wurde.

Ich spürte auch die vererbte Trauer meines Vaters über seine untergetauchten und getöteten Brüder und die Demütigungen seiner Mutter und Schwester im Versteck während der Kriegsjahre in Berlin. Allein der Gedanke, sie haben den gelben Stern tragen müssen, tat mir jetzt weh. Es gab viel Tod in und um das Leben meiner Eltern. So überschattete diese Trauer auch mein bisheriges Leben. Später gab es hier im Land noch viele Tote. Einer von ihnen war Wolfgang Hirsch, genannt ›Wölfchen‹, den ich wie einen älteren Bruder liebte und mit dem ich als Kind viel spielte – er war zwölf Jahre älter als ich. Er war auffallend groß und trug mich oft auf seinen Schultern. Er war der einzige Sohn einer Berliner Jugendfreundin meiner Mutter, einer Protestantin, die mit ihrer Jugendliebe, Samuel Hirsch, im Alter von siebzehn Jahren, 1930, Wölfchen bekam. Trotz seines wie von den Nazis gewünschten – arischen – Aussehens war er in der ersten Klasse schon Beschimpfungen ausgesetzt. Tante Grethe, so nannte ich sie, längst von Hirsch geschieden, packte ihren Sohn und Koffer und wanderte nach Palästina aus. Im Befreiungskrieg 1948 traf die erste arabische Kugel seinen blonden Kopf, der alle anderen seiner Kompanie überragte, er war gerade achtzehn geworden.

Es war ein anstrengender Vormittag. Vor dem Mittag hatten David und ich für einen Augenblick in dem gewölbten Treppenaufgang die Möglichkeit, einander festzuhalten. Dieser Augen-Blick gab mir Kraft. Die kurze Mittagspause wollten wir jeder für sich nutzen und für den Abend war ein gemeinsames Essen in der Altstadt geplant. So lag jeder in seinem Zimmer.

Am Nachmittag flogen in der Großgruppe die Aggressionen umher. Es schien, als würden sich bald zwei Täterkinder an den Kragen gehen. Ein Tätersohn berichtete betroffen, wie er im Traum ungeschützt aus dem Fenster fiel, worauf eine Tätertochter, Elisabeth, ihn auf eine Weise angriff, als sei er ein Deserteur; einige Opferkinder eilten ihm zur Hilfe. Im Raum war eine Atmosphäre von ›Damals‹. Es war Hass zu spüren, Angst, Schmerz und Not. Ich phantasierte einen Waffenhaufen in den Raum, gegen die damalige Hilflosigkeit der Opfer, denn ich spürte plötzlich den Hass der Täter. Diese wiederum fragten nach unserem Hass, wo der geblieben sei gegen sie? Ich empfand keinen Hass. Ich konnte mir vorstellen, welche Begriffe der damaligen Ideologie in den Köpfen der Täterkinder zum Rausschreien präsent waren – gesagt wurden sie nicht. Das konnte ich anhand der Inkohärenz des Gesprochenen und der begleitenden Mimik ablesen. Ich zweifelte nicht an der Stimmigkeit meiner Wahrnehmung ... Die Verleugnung stand im Vordergrund. Ich empfand eine maßlose Wut und habe sie ausgesprochen. David, mir gegenüber sitzend, blickte mich an. In seinem Gesichtsausdruck war Bestätigung zu erkennen.

Endlich Aufatmen, als der Nachmittag vorbei war.

Abends saßen alle gemeinsam in einem arabischen Restaurant. Das Schönste am Essen waren die vielen orientalischen Vorspeisen. Das Hammelfleisch im Hauptgericht war zu hart und der Nachtisch übermäßig süß. Dennoch genossen wir die Freundlichkeit der Gastgeber und die Atmosphäre dieses Gartens. Erschöpft krochen wir ins Hotel zurück.

Spät auf meinem Zimmer stilisierten David und ich anfangs die gestern eingeführten rituellen Fußwaschungen und dehnten sie in die Länge, um unsere Aufregung etwas zu mildern. Davids Hände um meine Füße schienen zu glühen. ›Wo bleibt mein Boden?!‹

Barfuß standen wir nebeneinander, etwas unbeholfen. David war knapp einen Kopf größer als ich. Ich wollte ihn selber ausziehen, sein Jackett hatte er bereits aufgehängt. Ganz langsam zog ich die Ärmel seines Oberhemdes, die er hochgekrempelt hatte, herunter und öffnete dann Knopf für Knopf sein Hemd und sah eine sanft behaarte Brust, wie ich sie in meiner Jugend oft am Strand von Tel Aviv gesehen hatte und in Nordeuropa nie mehr. Haare waren für mich immer stark erotisch besetzt. Ich dachte an die biblische Geschichte von dem langhaarigen Samson ... Eine ungeahnte Zeit verging, bis die Kleidung neben uns lag. »Komm näher zu mir«, sagte David. »Komm noch näher und steig auf meine Füße, halte dich fest.« Und ganz langsam ging er mit mir, mich auf seinen Füßen tragend, wie es einst mein Vater in meiner Kindheit am Strand von Tel Aviv gemacht hat, zu dem großen weißen Bett, auf das er mich behutsam legte. Es war erst der Anfang der Nacht und sie gehörte uns, wir waren weit weg und versenkten in der Tiefe des Mittelmeeres die ererbte Last der Trauer. Grenzen zwischen Ich und Du waren aufgehoben, ich hielt mich an David fest, um nicht davonzutreiben. Und immer wieder versanken wir in den Fluten. Wir lachten viel in dieser Nacht, manchmal an der Grenze zu Tränen, die nicht aufzuhalten waren.

Irgendwann noch vor Aurora standen wir auf dem Balkon, vor uns das einmalige Panorama der noch schlafenden Stadt, Farben veränderten sich, tiefes Ultramarinblau verwandelte sich in ein zartes Indigo, über uns der Sternenhimmel wie die Kuppel eines Paradieses. ›Zeit, halte an!‹

Ich fragte mich, warum ich in meinem bisherigen Leben nie einen jüdischen Mann geliebt habe?!

»Ich lass dich nicht mehr wegfahren, werde beim Gericht ein Ausreiseverbot für dich beantragen«, sagte David ...

Später bestellten wir das Frühstück aufs Zimmer. Wie in der Nacht zügelten wir auch jetzt unseren Hunger, um uns an diesen orientalischen Köstlichkeiten nicht zu verschlucken. Wir lasen uns gegenseitig aus der *International Herald Tribune* vor, die auf dem Frühstückstablett »*with compliments*« des Hauses in den Vorraum gelegt wurde. Noch hatten wir zwei Tage vor uns. Als David in sein Zimmer ging, rief ich zu Hause in Hamburg an. Dort schien alles in bester Ordnung.

»Und bei dir?«, fragte mein hütender Vater. »Ist es anstrengend?«

»Es ist sehr bewegend«, antwortete ich.

✶

Tagsüber war es in der Großgruppe wieder chaotisch. Das Gespenst der braunen Geschichte geisterte umher; Tränen, Schuldbekenntnisse und -zuweisungen, Angst, Trauer, Wut, Geschrei. Zwei deutsche Teilnehmerinnen, beide Tätertöchter, die seit Längerem die deutsche Sprache verweigerten und ihren Wohnort nach England verlegt hatten, bewarfen sich mit faschistischem Vokabular. Es fielen zwischen Gertrude und Annemarie unter anderem die Worte »Asoziale«, »BDM-Ziege«, »SS-Hure« und »KZ-Schlunze«. Ich erschrak und war für Minuten wie ertaubt und abgrundtief erschüttert. Und dann geschah das, was ich vor Seminarbeginn befürchtet hatte: Gertrude verfing sich in der Vergangenheit. Plötzlich wirkte sie angespannt und ängstlich. Dann erstarrte sie; ihr Blick war in den Raum gerichtet – ins Leere. Sie schrie: »Lass mich in Ruhe! Geh weg! Da! Da steht er und starrt mich an!« Sie zitterte. Ich eilte und setzte mich zu ihr auf den Boden, legte den Arm um sie und versuchte sie zu beruhigen. »Wer steht da? Wen siehst du?« »Mein Vater steht da – mit seinen genagelten Stiefeln. Er beschimpft mich: ›Du Verräterin, du Nestbeschmutzerin!‹« Die Gruppe war verstummt und starr. Gertrude war aus der Realität entglitten und halluzinierte. Wir setzten uns in eine Ecke des großen Raumes – mit Abstand zur Gruppe. Ich versuchte auf sie einzugehen. Sie erzählte, ihr lang verstorbener Vater sei wiederholt in Träumen aufgetreten. Nun stünde er hier und bedrohe sie.

In dieser angespannten Situation, in der Regression der Gruppe, in einem jüdischen Land tagend, fürchtete ich jetzt ein Überspringen des Funkens zu einer *Folie à deux*. Wären jetzt hier antijüdische Beschimpfungen laut geworden – gedachte waren unhörbar ... – hätte ich als Psychiaterin nicht mehr handeln können.

Später organisierte ich telefonisch mit Hilfe meines internationalen Ärzteausweis und einem Rezept ein Psychopharmakum, das ein Hotelangestellter abholte, damit ich bei Gertrude bleiben konnte. Nachts blieb eine Seminarteilnehmerin bei ihr. An weiteren Gruppensitzungen nahm sie nicht mehr teil.

Gertrude war für mich Trägerin eines Symptoms der ganzen Gruppe. Ich fragte mich, ob die Kleingruppe, der Mikrokosmos, einen Teil der deutschen Gesellschaft widerspiegelt.

Im weiteren Verlauf des Workshops konnte ich die Entscheidung meines Vaters, 1937 Deutschland zu verlassen, emotional nachvollziehen und den Schmerz meiner nichtjüdischen Mutter mit ihrem dritten Kind im Bauch, aus ihrer Heimat vertrieben zu werden, nacherleben.

David sprach über das Schweigen seiner Eltern und sein Bedürfnis, die Wahrheit zu finden.

Zur letzten Abendsitzung sollte jeder »etwas« mitbringen, das für ihn einen Bezug zu seinem eigenen Thema hat. Wir saßen in einer großen Runde, tranken gemeinsam Wein, um die Schwere der Last leichter zu ertragen.

Am meisten beeindruckte mich Arnold Schönbergs *Oratorium zum Warschauer Ghetto*, das er nach der Vertreibung in Amerika komponierte. Es wurde hier von dem Sohn eines Täters vorgespielt, dessen Vater das Warschauer Ghetto mit zerstörte.

Ein sonst stiller Teilnehmer brachte Auszüge aus dem Stück »Ghetto« von Joschuah Sobbol mit und konnte erst an diesem letzten Abend – alkoholisiert – von seinem Vater sprechen, der am Morden von Frauen und Kindern, auch an schwangeren Frauen, im Wilnaer Ghetto teilnahm und der angeblich als Vorlage für die Figur des »Kittel« diente.

Manchmal war Stille die dichteste Kommunikation. Die Stimmung bei dem letzten gemeinsamen Abendessen im Hotel war verhaltener. Manche verzogen sich bald. Zu viert mit Anna und Hans tranken wir im Innenhof gemeinsam noch einen Wein.

In der Nacht verkrochen David und ich uns zu einem Bauch, in dem wir Schutz vor den Erlebnissen des Tages suchten, verweilten in einer anderen Welt. Ich fühlte mich so nackt, meine Seele so bloß und zugleich gewärmt und aufgefangen in unserer Beziehung. Wir sanken von einer tiefen Innigkeit zur nächsten, ohne Grenzen, als seien wir ein Körper. Wir konnten nicht davon lassen, den Anderen einzuatmen, den Geruch von Leben! Unsere Köpfe waren zerwühlt, unsere Körper bebten und tanzten gemeinsam, als wollten sie den Ballast des langjährigen Schweigens mit einem Schrei herausrufen. Ich konnte mich nicht erinnern, je glücklicher mit einem Mann gewesen zu sein.

Eine neue Dimension des Seins ...

Ich fragte mich: ›Wie habe ich vorher geliebt?!‹

»Wann musst du zurückfliegen?«, fragte David.

»Ich kann meinen Flug um zwei Tage verlegen«, antwortete ich.

»Lass uns das versuchen, ich würde dir gerne heute Nachmittag nach Beendigung des Workshops mein Zuhause und meinen Arbeitsplatz am Gericht zeigen.«

Wir rannten mit der Zeit. Ich fühlte nur, dass ich mich ganz dicht an der Hauptschlagader des Lebens befand, und spürte meinen ganzen Körper pochen.

Am Ende des Workshops Adressentausch, Umarmungen, mit Anna und Hans verabredeten David und ich ein baldiges Treffen, eventuell schon im November diesen Jahres bei mir in Hamburg. Wir vier wollten unsere hier begonnene Freundschaft fortsetzen und Anna auch ihren Mann Thomas dazu bringen. Beide kannten David. Anna und Hans wollten am Nachmittag noch die Maschine nach Frankfurt erreichen.

Alle waren weg. Zeit und Gefühle galoppierten. Ich fühlte mich mit David plötzlich zu Hause, durch ihn, in ihm, mit unserer Sprache, die ich lange abgelegt hatte. Später in seiner Wohnung unter der Dusche konnte ich zwischen Tränen und Tropfen nicht mehr unterscheiden. Ich weinte vor Erschöpfung und Glück. Ich schloss die Augen und versuchte, mich zu orientieren. ›Wo bin ich?‹

Am Nachmittag zeigte mir David sein Gericht, sein Büro, seinen Verhandlungsraum. Plötzlich hatte ich das Gefühl, Eindringling in seiner Welt zu sein. Als würde er mein Innehalten vernehmen, spürte ich seinen Arm um meine Schultern. Wir trafen befreundete Kollegen. David stellte mich ihnen vor: »Das ist Henrietta, sie ist eine Zabarit und lebt in Deutschland.« Dann gingen wir in seine Buchhandlung. In der Belletristikabteilung fanden wir einige Neuerscheinungen, die wir beide, jeder in seiner Sprache, schon gelesen hatten. Er suchte einen Gedichtband aus; Jehuda Amichai *Jerusalem,* den er mir dann schenkte.

»Vergiss mich und die Sprache nicht«, schrieb er hinein. Ich hielt David fest – wie könnte ich?

Oben in seiner Wohnung wollte ich erst zu Hause anrufen, um meine verspätete Rückkehr mitzuteilen. Auch wollte ich es heute schon tun, denn ich hatte das Gefühl, mit jedem weiteren Tag mich zu verändern und fürchtete die Frage meines sechsjährigen Sohnes Benjamin: »Mama, was ist mit dir? Du bist so anders.«

Beim Abendessen versuchten wir, Worte zu finden für die Entdeckungen und Erkenntnisse aus diesem Workshop.

»Sechs Jahre lang war ich dreimal wöchentlich bei einem Analytiker, Jochanaan Perlstein, der seine Praxis in einem Mehrfamilienhaus hatte, von einem Bauhaus-Architekten erbaut. Das Haus stand an der Ecke Gordon-/Jarkon-Straße. Damals arbeitete ich noch an einem Gericht in Tel Aviv. Der Behandlungsraum war dem Meer zugewandt. Wenn ich während der Stunden schwieg, hörte ich das Rauschen des Meeres, im Winter klapperten die Rollläden. Wenn ich zu früh kam und vor dem Haus auf und ab ging, hörte ich Perlstein Klavier spielen. Wenn ich dann klingelte, bellte der Rauhaardackel Felix, der während der Sitzung meistens unter dem Sessel meines Analytikers saß. Manchmal öffnete mir seine Frau, Rosa, die mich auf Deutsch begrüßte: »Guten Tag!«; eine sehr freundliche, zierliche Person mit spärlichem rotbraunem Haar und Sommersprossen im Gesicht. Einmal hörte ich, wie sie von ihm ›Röschen‹ gerufen wurde. Dienstags hatte ich meine Stunde zur Mittagszeit und roch aus der Küche die gedünsteten Zwiebeln.

Das war vor zehn Jahren, nach der Trennung von meiner Frau. Mein Leben war zu der Zeit grau und bestand nur aus Arbeit und Publikationen. Die Analyse hat mich wieder zum Leben geführt. Ich konnte mich an vielen Dingen wieder erfreuen und bewarb mich für eine neue Stelle in Jerusalem.

Ich verstand vieles und erkannte Versäumnisse meiner Mutter, die bald nach mir zwei weitere Kinder gebar. Im Kinderhaus im Kibbuz Schefaim gab es viel Abwechslung, aber ich vermisste so sehr ihre Wärme und die Nähe zu ihr. Mein Vater war schweigsam und ernst. Er kränkelte lange und starb vor dreiundzwanzig Jahren. Über die Umstände des Todes seiner Familie in Deutschland habe ich erst durch eigene Nachforschungen der letzten Jahre erfahren. Während meiner Analyse versuchte ich, wo sich Gelegenheit ergab, mit meiner Mutter, die ich selten sah, über ihre Gefühle zu mir während meiner Kindheit zu sprechen. Manchmal fing sie an, unterbrach oder wurde unterbrochen. Ich glaubte zu wissen, dass sie mich liebte, vielleicht auch sehr, aber gezeigt hat sie es mir nur selten. So konnte ich es kaum fühlen.«

»Aber«, sagte er plötzlich, als wollte er in die Realität zurück und hielt meine Hand, »das Wichtigste an diesem Workshop ist die Begegnung mit dir. Ich habe noch nie außerhalb meiner Analyse so intensiv gefühlt, so viel Wärme gespürt, so offen über meine persönlichen Gefühle gesprochen und habe das Gefühl, mit dir zusammen und durch dich zu mir zu kommen, etwas beantworten zu können.«

»Mir geht es ganz ähnlich«, sagte ich nach einiger Zeit. »Von mir ist ein Teil meiner Trauer gewichen, als würde ich eine neue Welt betreten, eine neue Geschichte ...«

Später auf dem Balkon, es war immer noch sehr warm, sanken wir in unser unbewusstes Meer. Irgendwo war ein meditierender, nachsinnender Mond zu sehen. David holte den Gedichtband von Amichai aus dem Zimmer und las. »Die Luft über Jerusalem ist getränkt von Gebeten und Träumen.« Ich schaute in den weiten Himmel und fügte mein Gebet hinzu.

In dieser Nacht tauchten wir auf und ab in ungeahnte ozeanische Tiefen, bis uns Morpheus ereilte.

Am Nachmittag zeigte mir David ›sein‹ Jerusalem, ich konnte nichts mehr aufnehmen. Ich war nach Israel gereist, um Schweigen aufzubrechen und Last abzugeben, und jetzt füllte ein neuer Mensch diesen Platz an meiner Seite in einer Heftigkeit, wie ich sie zuvor noch nie erlebt hatte. Es machte mir Angst. Wie weiter?

David merkte mein Schweigen und meine Zurückgenommenheit, stellte sich hinter mich, legte seine Arme um meine Schultern und meinte: »Wir werden einen Weg finden, das müssen wir, auch wenn es nicht immer einfach sein wird.«

Die letzte Nacht vor meiner Abreise war wieder anders. Irgendwann vergaß ich, wo ich mich befand, zwischen

Himmel und Erde, zwischen den Kontinenten. Ein Gefühlsstrom zog an mir in die Kindheit zurück. Dieser Mensch neben mir mit seinem Geruch, mit seiner ganzen Dichte, mit seinem Blick, der mich in seine Seele schauen ließ, seinem gesprochenen Wort mit seiner Intensität, seiner Männlichkeit, es kam mir vor, als sei ich ihm in Urzeiten schon einmal begegnet und hätte ihn dort irgendwann verloren. Die Freude über die Wiederbegegnung ließ mich für Stunden die Trauer des bevorstehenden Abschieds vergessen.

Auf dem Weg zum Flughafen fragte ich ihn, ob er den Haftbefehl und das Ausreiseverbot, die er für mich beantragt hatte, aufgehoben hätte. »Leider«, sagte er, »ich wurde unter Druck gesetzt ...«

Dann flog ich über das *mare nostrum* und landete am Samstagabend in meiner norddeutschen Welt. Mein Vater stand mit beiden Kindern am Flughafen. Wie sie sich freuten. Auch ich. Aber ein Teil meiner Seele war jetzt woanders. Ich drückte sie fest an mich, konnte mich gegen die Tränen nicht erwehren.

Spät noch rief ich David an, als die Kinder schon schliefen. Ich hatte ihm vor der Abreise einen kleinen Zettel unter sein Kopfkissen gelegt. Darauf schrieb ich: »Ich habe kein stärkeres Gefühl als das, was ich jetzt für dich empfinde. Deine Henrietta kurz vor dem Abflug, 9. September.« Er hatte den Zettel bereits gefunden und sagte:

»Du machst mich so glücklich und traurig zugleich.«

Später saß ich mit meinem Vater in der Küche, ihm gegenüber und betrachtete dieses mir so vertraute Gesicht mit den warmen kräftigen dunklen Augen, die zuweilen traurig blickten, oft nachdenklich und manchmal heiter als seltener Ausdruck von Glück. Über den Augen kräftige dunkelbraune Augenbrauen, bogenförmig in die große gerade Nase übergehend. Sein Gesicht war schmal , eine auffallend hohe gerade Stirn, schmale Lippen und große etwas abstehende Ohren. Wenn er sprach – nicht zu laut – wirkte er moderat, eindringlich, mit einer tiefen sonoren Stimme. Verzerrt war sie nur, wenn er manchmal verzweifelt schrie. Wie vertraut ist mir dieses Gesicht!

Er hatte liebevoll das Abendessen vorbereitet.

»Du hast sicher viel zu erzählen«, meinte er.

»Und ich habe auch viele Fragen an dich«, sagte ich.

»Lass uns morgen nach dem Frühstück darüber reden, du weißt, ich bin Frühaufsteher«, sagte er, »da schlafen die Kinder sicher noch. Ich kann ja früh mit dem Hund runtergehen«, fügte er hinzu.

Unsere Cockerhündin wich nun nicht von meiner Seite, sie roch viel an mir herum. Ob sie als Erste etwas merkte? Am nächsten Morgen hatte mein Vater den Frühstückstisch gedeckt. Die Kinder schienen nicht mehr zu schlafen, irgendein Gemurmel hörte ich aus ihrem Zimmer.

Als Erstes meinte mein Vater: »Wenn du möchtest, bleibe ich noch eine ganze Woche, so dass wir genügend Zeit haben, über die Dinge zu reden, die dich jetzt bewegen. Ich kann es einrichten, in zehn Tagen zurückzufliegen.« Einen Blick in die Praxis wegen der Post beschloss ich auf Montag zu verlegen.

Bis Mittwoch hatte ich noch frei.

DRITTER TEIL

Irgendwann fragte ich ihn, wo er so lange war.
»Ach, weißt du,
es gibt so viele Menschen auf dieser Welt,
die uns nicht mögen
und vor denen wollte ich mit meinen Kameraden
Dich und Mama und viele andere Kinder schützen.«
Warum sie uns nicht mögen, konnte ich nicht mehr fragen,
denn sein Gesicht wurde sehr traurig.

Am kommenden Wochenende wollte Martha mit den Kindern zwei Tage an die Nordsee fahren. Manchmal reisten wir zu viert. An diesem Wochenende wollte ich mit meinem Vater alleine sein. Am Nachmittag kam Herbert zum Tee. Wir tranken und schwiegen; die Stimmung war verhalten. Jeder war mit seinen Gedanken woanders.

»Du siehst sehr schön aus«, sagte er zu mir, als wir alleine waren.

»Ja!«, sagte ich und mehr nicht.

Als wir uns verabschiedeten, nahm er mich wie immer in die Arme. Er schien traurig zu sein, für mich gab es lange schon kein Zurück mehr. Wir lebten auf zwei ganz verschiedenen Planeten. Die Zeit mit ihm war abwechslungsreich, teils auch heiter gewesen. Manchmal fühlte ich mich in seiner Nähe neben ihm im Bett sehr einsam, einsamer, als wäre ich alleine. Oft fühlte ich mich in meiner Seele von ihm unverstanden und verletzt. Und wie sehr hatte er mich verletzt, indem er meine Grenzen nicht einhielt. Und als er mich nach der ersten Fehlgeburt nicht aus der nahegelegenen Klinik abgeholt hatte mit dem Hinweis, er müsse die Vorlesung vorbereiten und: »Nimm dir ein Taxi.« Wie hatte mich das geschmerzt. Mit meiner Nase wusste ich schon lange, dass wir nicht zusammenbleiben würden, auch mit meinen Ohren. Bevor er ging, hatte er sich auch von meinem Vater verabschiedet.

Freitagabend gab es Karpfen blau im eigenen Sud, zubereitet von meinem Vater. Erstaunlich, dieser alte Herr, so alt und leidenschaftlicher Koch jetzt. Früher hatte meine Mutter oft abfällig bemerkt: »Dein Vater ist ungeschickt, kann gerade mal ein weiches Ei kochen.« Wie auch immer sie das gemeint hat. Sie ließ keine Gelegenheit aus, ihn zu entwerten. Sie hat ihn auch nie an den Herd herangelassen. Das war ihr Reich und eine Entthronung hätte sie nicht verkraftet. Als sie vor zehn Jahren starb, sagte er kurz darauf zu Weihnachten: »Ich wünsche mir nur ein einziges Geschenk von dir: ein Kochbuch für Junggesellen.« Damals war er achtzig. Dann fing er an zu kochen. Es schmecke hervorragend, berichteten meine Freunde, die ihn in Israel besuchten. Auch heute schmeckte es, er musste bloß ungestört am Herd hantieren ... Wir waren alleine und genossen die Stille, hatten zwei Tage vor uns und wussten, dass wir sie brauchen würden. Wie gerne hätte ich jetzt David beim Essen dabei gehabt und beide Männer miteinander bekannt gemacht und erlebt.

»Warum bist du gleich nach meiner Geburt in den Krieg gezogen? Warum hast du uns alleine gelassen?«, fragte ich meinen Vater, als wir uns in der Küche gegenübersaßen, ein leichter Vorwurf klang in meiner Stimme.

Er holte aus: »Mama war überglücklich über deine Geburt. Ich natürlich auch. Wir einigten uns auf den Namen meiner Ur-Urgroßmutter ›Henriette‹, im Kindergarten und in der Schule nannten sie dich dann ›Henny‹. Du wurdest für sie ihr Ein und Alles. Ich genoss es, sie so glücklich zu sehen, spürte aber gleichzeitig die drohende Gefahr aus Europa. Hitler hatte bereits im Frühjahr 1942 Brückenköpfe in Syrien errichtet und sein Feldmarschall Rommel überquerte das Mittelmeer und war schon in Afrika. Die Briten ermöglichten zur damaligen Zeit einer begrenzten Anzahl von palästinensischen Juden in einer Art *numerus clausus*, also zur gleichen Zahl wie mitkämpfenden Arabern, die allerdings nicht hoch lag, einen Einsatz auf ihrer Seite in Afrika. Wenige Wochen nach deiner Geburt meldete ich mich zum britischen Militär. Hier siehst du es, das ist mein *Soldiers Army Book*, schon etwas zerschlissen, es war im Krieg überall dabei in meiner Brusttasche und darin Bilder von dir und Mama. Ich habe es mitgebracht, es wurde am 27. Juli 1942 ausgestellt. Ich kam nach einem Gastest nach Afrika und wurde im *Royal Army Service Corps* eingesetzt in der Nähe von El-Alamein.« Da holte er drei weitere Gegenstände aus seiner Aktentasche: Zwei Erkennungsmarken und ein Amulett. »Hier, schau mal: diese Identitäts-Marke aus Metall trug ich während des ganzen Krieges um meinen Hals, eine zweite, feuerfeste, um mein linkes Handgelenk.« Er zeigte mir eine kleine runde Aluminiumscheibe mit folgender Aufschrift:

PAL
31581
WJM
Jew

»Hier steht alles drauf, was mich ausmachte, alles was nötig war, über meine Identität zu wissen, wenn ich in dem Krieg gefallen wäre.«

Ich hielt bewegt diese Scheiben in meiner Hand, die ihn überall im Krieg begleitet hatten.

»Dieses Amulett gab mir Tante Emma von deiner Großmutter für dich nach dem Krieg mit. Du kennst es von dem Hochzeitsfoto meiner Eltern ... «

Es war sehr klein und aufklappbar, darin zwei winzige vergilbte Fotos seiner Großeltern, auf dem Deckel ein Rubin und darunter ins Gold gravierte Tropfen – wie ein weinendes Auge der Vergangenheit ... Ich holte tief Luft.

»Rommel war nach einer verlustreichen Schlacht bei El Alamein in einigen Wochen besiegt. Die Wüste war schrecklich karg, die Sonne brannte und der Wüstensand war überall, auch im Essen. Dann wurden wir nach Malta eingeschifft. Auf dem Weg verloren wir das Flagschiff, die ›Arinfora‹. Es wurde von einem deutschen Torpedo getroffen und sank in

Minuten. Viele Freunde waren dabei. Wir waren unmittelbar dahinter. Es war gegen Abend. Ich hatte immer einen einzigen Gedanken, eines Tages euch wiederzusehen.

Weihnachten hatte ich kurz *Homeleave*. Immer wieder stand der Abschied vor der Tür. Dann wurde 1944 mit Unterstützung von Churchill und Chaim Weizmann die einander aus Studienjahren in Cambridge kannten, die Jüdische Brigade errichtet. Von nun an kämpften wir unter der blau-weißen Flagge mit dem goldenen Davidstern, weiterhin in englischen Uniformen.

Während meiner Abwesenheit verlor Mama damals in einem Schnellverfahren das Anrecht auf die große Wohnung aufgrund der bestehenden Notstandsgesetze in Palästina, die wegen der vielen Einwanderer notwendig waren. Sie musste – per Gerichtsbeschluss – in die kleinere und dunklere Zweizimmerwohnung, die nach hinten zum Wald lag, wechseln. Ich war im Krieg, Mama hatte kein Einkommen, die Ressourcen brannten aus. Wir wussten alle nicht, wie lange der Krieg dauern würde. Sie geriet zunehmend in Not und musste ein Zimmer untervermieten. Dort zog Mr. Clark ein.«

»Hast du denn nicht gemerkt, dass die beiden irgendwann eine Beziehung miteinander hatten«, fragte ich ihn etwas ängstlich, aber aufgewühlt.

Er zögerte kurz, dann sagte er: »Ja, ich habe es nicht gleich gewusst, habe es mir aber gedacht.»

»Woran hast du das gemerkt?«

»Na ja, Mama berichtete von allem, was ihr plötzlich zu essen hattet, und auf den schönen Fotos, die sie mir schickte, trug sie ein herrliches Abendkleid aus einem Stoff, den ich nie zuvor bei ihr gesehen hatte. Natürlich konnte nur Mr. Clark ihr den Stoff geschenkt haben, und sie sah außergewöhnlich glücklich aus auf den Bildern, ich dachte mir meinen Teil.«

»Und du warst nicht eifersüchtig oder wütend?«

»Nein«, antwortete er, »das sind keine Eigenschaften, die zu mir gehören. Ich kannte Mama, wusste, was sie durchgemacht hatte, wie unglücklich sie sein konnte und welche Ängste sie hatte, jetzt um euch beide. Ich war vielmehr traurig, nicht bei euch sein zu können, und war sogar etwas erleichtert, dass sie jetzt nicht alleine war und jemand sie beschützte. Ich wusste ja nicht, ob ich am Leben bleiben würde. Zum anderen war Mr. Clark in London auch verheiratet und hatte selber Kinder. Weißt du, es war Krieg. Bei uns ging es täglich ums Überleben. An das Später dachten wir nicht immer.«

Ich musste tief Luft holen.

Und ich, wie habe ich es als Kind gemerkt? Waren mir doch diese Spiele der Erwachsenen noch unbekannt! Einige Male musste ich bei einem schwulen Nachbarn übernachten, der mit mir zur Nacht betete: »Lieber Gott mach mich fromm ...«, dann ging meine Mutter, nach einem »*sun-downer*«, mit Mr. Clark in die »Armon« Bar tanzen ... bis es morgens einen »*sun-riser*« gab ... und in den Sommerferien wurde ich in ein deutsches Kinderheim bei Raanana gebracht, für ganze vier Wochen, aus dem ich immer verschrammt, oft krank und verletzt zurückkam ... und einmal, als mir zu Hause nicht geöffnet wurde, kletterte ich durch das Küchenfenster in die Wohnung herein, da begegnete mir ein nackter Mr. Clark ... später dann jahrelange Liebeskorrespondenz ... ich glaube auch, dass meine Mutter mit ihm ihre erotische und sinnliche Erfüllung gefunden hat und gern mit ihm das Land verlassen hätte ...

Diese Gedanken behielt ich für mich.

»Warum bist du erst im August 1946 zurückgekommen, der Krieg war doch im Mai fünfundvierzig vorüber?!«

»Erst nach Kriegsende war das Ausmaß des deutschen Rassenwahnes sichtbar. Wir in der Jüdischen Brigade kümmerten uns dann um die Überlebenden in den Lagern und die vielen ›*displaced-persons*‹ die ›*D.P.s*‹. Wir hatten sehr viel zu tun, ich war unter anderem für die Verteilung von sechzehn verschiedenen Währungen zuständig, die an sie verteilt wurden, je nach Zielland, keineswegs alle wollten nach Palästina. Die Gelder wurden uns von der ›Hagana‹ zur Verfügung gestellt. Erst als die Reste unseres Volkes eingesammelt und versorgt waren, kehrten wir zu unseren Familien zurück, so wir noch welche hatten.«

Ich versuchte, mich in seine damaligen Gefühle und Entscheidungen hineinzudenken und konnte sie nachvollziehen.

»Als wir 1946 zurückkamen, war Mr. Clark schon weg. Ich war froh, wieder bei euch zu sein. Wir waren alle verändert. Mama war verändert und nicht so glücklich über meine Rückkehr, wie ich es erhofft hatte. Auch daran merkte ich, dass ein anderer Mann in der Zwischenzeit meinen Platz besetzt hatte; du aber hattest Angst vor mir und bist mir ausgewichen. Und ich«, sagte er mit zunehmender Traurigkeit, »hatte so viel Schreckliches im Krieg gesehen und erlebt. Am schlimmsten war für uns jüdische Soldaten der Anblick der Überlebenden in den Konzentrationslagern. Diese Gesichter werde ich nie vergessen. Wir wagten es nicht, untereinander Deutsch zu sprechen und manche Überlebende weinten, als sie den Davidstern an unseren Ärmeln sahen.«

»Kannst du noch weiter?«

»Ja, ja, lass mich das noch zu Ende erzählen.

Danach fuhr ich mit einem Kameraden, Robert Flach, einen zweiundzwanzigjährigen Mitbrigadisten, der am Steuer saß und kurz darauf verunglückte, mit einem aus Armeebeständen voll beladenen Jeep nach Berlin und wollte meine Mutter und meine Geschwister aufsuchen. Meine Mutter war, wie ich dann erfuhr, ein Jahr zuvor in einem dunklen Versteck gestorben. Zuletzt sah ich sie 1936 am Bahnhof Zoo. Ich fuhr mit Tante Emma, die bei ihr war, zu ihrem vermeintlichen Grab, sie wurde mit falschen Papieren beerdigt, und schrieb auf das kleine Kreuz ihren richtigen Namen, Bianca Kastner. Dahinter ein kleines ›s. A.‹ Einen Stern konnte ich leider nicht anbringen.«

Ich stand auf, ging zu ihm, legte ganz spontan meine Arme

um ihn und lehnte meinen Kopf an den seinen. Plötzlich bebte der alte Mann und schluchzte wie ein Kind. Ich hielt ihn fest, ließ ihn weinen und streichelte über seine Schultern.

Nach einiger Zeit beruhigte sich mein Vater und sagte: »Entschuldige.«

»Du brauchst dich nicht zu entschuldigen.«

»Zuletzt habe ich geweint, als ich unser drei Tage altes Kindchen zu Grabe trug. An dem Grab meiner Mutter konnte ich nicht weinen. Nach Auschwitz fehlten mir die Tränen.«

Ich hielt ihn immer noch und sagte ihm: »Ich finde es so gut, dass du weinen kannst, und bin froh darüber.« Ich hatte das Gefühl, als sei eine Mauer eingebrochen, eine Mauer, die ihn Jahrzehnte lang erdrückte.

✶

Er schlief lange in dieser Nacht, sehr lange. Morgens war ich früh mit dem Hund auf der Wiese, dieselbe Wiese, auf der ich weinend stand, als vor knapp zehn Jahren meine Mutter starb, auf der ich vor längerer Zeit auf und ab ging, den Entschluss zur Trennung von Herbert fasste. Jetzt stand ich da und dachte über die zunehmende Nähe zu meinem Vater nach. Welch ein Ereignis war der Ausbruch gestern Abend gewesen. Ohne die Woche in Jerusalem hätten wir jetzt nicht so intensiv gesprochen. In dieser einen Woche hatte ich Ballast abgeworfen, neue Kräfte geschöpft und tiefes Glück empfunden. Jetzt fühlte ich mich stark genug, meinen Vater aufzufangen, zu stützen und mich mit ihm auseinanderzusetzen.

Als ich in die Wohnung zurückkam, hatte mein Vater den Frühstückstisch gedeckt.

»Wie fühlst du dich heute Morgen?«

»Ich habe wunderbar geschlafen«, antwortete er. Er wirkte frischer als zuvor, als habe er verschwundene Energien wiedergefunden.

*

Heute erhielt ich meinen ersten Brief von David:

»Meine Liebe, vor einer Stunde bist Du abgeflogen und nur mit Mühe schafften mein Wagen und ich den sich schlängelnden Weg nach Jerusalem zurück. Erst bei dem Gedanken, gleich an Dich zu schreiben, fuhren wir schneller. Vor weniger als einer Woche bist Du in mein Leben getreten und jetzt bin ich ein Anderer geworden; die Stadt, die Menschen, die Farben, die Gerüche, die Wahrnehmung meiner eigenen Person haben eine Erlebnisintensität bekommen, die mich beunruhigt. Als ich vorhin an der Apotheke vorbeifuhr, glaubte ich anhalten zu müssen ... Ich fühle mich auf eine Weise lebendig und stimuliert wie ich mich kaum erinnere, mich je zuvor in meinem Leben gefühlt zu haben. Die Gespräche, die Erlebnisse und die Nähe zu dir, unser gemeinsames Trauern, es kam mir vor, als würde ich in Deiner Trauer meine Stimme weinen hören, unsere Verschmelzungen haben mein Leben mit einer Wucht in eine Ebene getragen, in der ich mit dir weiterleben und mein Verlangen stillen möchte. Du hast mich hungrig gemacht!

Die Realisierung wird gewiss nicht einfach, beide haben wir Verpflichtungen und Bindungen, doch zugleich auch Einfälle und ein großes Maß an Freiheiten, vor allem aber unsere Liebe; sie wird uns über Grenzen tragen.«

Ich lag auf meinem Bett und las diese Zeilen immer wieder, stellte mir Picassos Taube oder das fliegende Liebespaar von Chagall vor ... jetzt dahinschweben ...

Auch ich fühlte, dass es keinen anderen Weg gibt, als den einzig möglichen gemeinsam zu finden. Die Suche und Realisierung dieses Serpentinenweges, mit all seinen Engpässen und Gefahren wäre der Zoll für diese Liebe. Ich blätterte in meinem Kalender und beschloss, gleich im Herbst zu ihm zu fliegen und meinen Vater zu fragen, ob er hier wieder für einige Tage zusammen mit Martha die Kinder hüten würde.

Ich rief David an und sagte nur: »Ich möchte gern am 3. Oktober zu dir kommen für einige Tage.«

»Komm«, sagte er, »beeile dich!«

Meinen Brief hatte er noch nicht erhalten, dagegen das Neruda-Gedicht auf seinem Schreibtisch unter dem Buch gefunden.

Das Auflegen tat weh.

... denn das ist Schuld,
wenn irgend eines Schuld ist,
die Freiheit eines Lieben nicht vermehren
um alle Freiheit die man in sich aufbringt.

RAINER MARIA RILKE

Mein Vater kam von einem Stadtbummel zurück.

»Hier, habe ich dir mitgebracht, deine ›Witwe‹.«

›Rührend der alte Mann‹, dachte ich. Jedes Mal denkt er daran, wie er mir eine Freude machen kann. Schon früher, meiner Mutter und mir, nur dass sie meistens an dem Mitgebrachten etwas auszusetzen hatte. Selten entsprach es ihren Wünschen. Da tat er mir so leid mit der Enttäuschung, die er durchmachte.

Auf seinen Wunsch kochte ich zu Abend Tafelspitz, sein Leib- und Magengericht.

»Ich würde gern an das gestrige Gespräch anknüpfen«, sagte ich, als er zurückkam. »Jetzt kann ich es viel besser verstehen, nachdem ich von dir erfahren habe, was du erlebt, gesehen, gefühlt hast, welche Grausamkeiten, wie viel Leid. Nur damals als kleines Kind habe ich unendliche Angst vor dir gehabt und mich vor dir gefürchtet, weil du immer so ernst und traurig warst. Mein Rückzug muss dir sehr weh getan haben.«

»Ja! Das hat es. Mama war auch sehr distanziert.«

Von ihr hatte ich früher gehört, sie habe nach seiner Rückkehr nie mehr mit ihm geschlafen. Also irrten sich meine Erinnerungen auch nicht, mehr als eine Umarmung oder einen zärtlichen Wangenkuss hatte es zwischen ihnen nicht gegeben. Auch später, wenn ich über meine Eltern nachdachte, konnte ich mir auch bei größter Anstrengung und Phantasie, ihr erotisches Leben nicht vorstellen, früher in Berlin, vor der Auswanderung, durchaus – auch anhand der Fotos von der Zeit der anfänglichen Verliebtheit. Aber danach? Danach gab es

Mr. Clark. Nach dem Krieg war die Beziehung meiner Eltern emotional kränkelnd und mit Sicherheit auch erotisch tot.

»Mich hat es als Kind auch verletzt, wie du mich vor Mama nicht in Schutz genommen hast, wie du dich von ihr hast behandeln lassen, wie du ihr immer Recht gegeben hast, obwohl sie sich doch oft irrte. Du hast nie auf den Tisch gehauen, auch nicht, wenn sie Porzellan zerschlug. Ich fühlte mich oft alleine gelassen von dir und ihrer Willkür ausgesetzt. Warum war das so?«, fragte ich.

»Ich sagte dir schon, wie es bei meiner Rückkehr war. Mama war leidend, hat diverse Krankheiten entwickelt. Sie war gebrochen durch die vielen Totgeburten, litt schrecklich unter der Hitze, damals gab es noch keine Klimaanlagen. Sie fühlte sich unglücklich in Israel, in der Verbannung, wollte immer zurück, sehnte sich nach einem Berlin, das es nicht mehr gab; ein imaginäres Berlin. Wie es dort wirklich aussah nach dem Krieg, eine Trümmerlandschaft, habe ich erlebt. Du weißt ja, dass sie anfing zu trinken.«

Ja, daran konnte ich mich erinnern. Tagsüber lag sie mit Kopfschmerzen im Bett; dann legte ich ihr einen kalten Waschlappen auf die Stirn. Ich weiß noch, wie sie nachts im Haus herumgeisterte, Chopins Liebesetüde auflegte und dazu Cognac trank. Als Folge wurde die Realität dämonisiert. Sie ließ sich zunehmend gehen.

»Ich habe alles getan, um sie glücklich zu machen, nachdem du zum Studium weggegangen bist«, sagte er. »Ich kaufte das Haus, schenkte ihr, was immer sie sich wünschte, konnte sie aber nicht mehr glücklich machen. Sie hat sich zunehmend abgegrenzt und ausgeschlossen auch mit ihrer Weigerung, die Sprache zu erlernen. Ihr Äußeres litt mit den Jahren, sie war nicht mehr die schöne Frau von einst und dann entwickelte sich der Tumor in ihrem Magen.«

›Ja!‹, dachte ich. ›Psychosomatik als Beziehungssprache.‹ Ich sagte: »Mama hat so viel Unverdauliches in ihrem Leben herunterschlucken müssen, bis sich ein bösartiger Untermieter in ihrem Magen einnistete, den sie nicht mehr zu bewältigen vermochte. Sie hatte immer einen starken Willen, der durch die Krankheit gebrochen wurde. Wir haben damals beide versucht, als ihr die Münchener Wohnung nahmt, sie glücklich zu machen, und mussten zuschauen, wie sie uns entschwindet.

Nachdem Mama starb, fühlte ich mich dir erstmals sehr nahe«, sagte ich, »als wir unsere Trauer gemeinsam hatten, auch wenn du in deiner Trauer um sie vielleicht andere Inhalte hattest. Ich kann mir vorstellen, dass du dich auch lange mit Schuldgefühlen ihr gegenüber herumgequält hast.«

»Ja, das stimmt, starke, oftmals quälende, schmerzhafte Schuldgefühle!«, bestätigte er. »Was sollte ich tun? Wir wurden vertrieben, es gab keine Wahl, und nach dem Krieg hätte ich sie gehen lassen, wenn sie gewollt hätte. Was sollte sie im kaputten Berlin machen? Sie hat sich selbst überzeugt, als sie 1950 dort mit dir zu Besuch bei ihrer Familie war. Für mich wäre es schlimm gewesen, wenn sie zurückgegangen und dich mitgenommen hätte.«

»Weißt du, Papa, Jetzt erst erfahre ich, welche Bedeutung ich für dich früher hatte. Auch wenn es mir wichtiger gewesen wäre, dies in meiner Kindheit zu hören. Damals, wenn Mama gegangen wäre, wäre es mir nicht schwergefallen, ohne dich zu gehen«, sagte ich. »Aber heute, seit Mama tot ist, jetzt schon fast neun Jahre, bin ich sehr glücklich, dass du sie überlebt hast und wir diese Möglichkeit zu einer Beziehung miteinander gefunden haben. Unsere *lingua nova*.

Da gibt es noch etwas, das ich gerne verstehen möchte. Ich habe das Gefühl, als seiest du schon vor der Ehe mit Mama von deinen jüngeren Schwestern beeinflusst und unter Druck gesetzt worden. Als seiest du schon damals, so auch Mamas Erzählungen, nicht du selbst gewesen – stimmt das?«, fragte ich.

Und da erzählte er mir erneut von der Widmung seiner

Mutter in dem Heine-Gedichtband, den sie ihm mit elf Jahren mitgab, als er sein Elternhaus verließ:

›Bleibe immer der Mensch, der du bist‹, schrieb sie.

»Wie hat sie das gemeint?«, fragte ich.

Er überlegte eine Weile und antwortete: »Bis zu meinem Weggang damals habe ich meiner Mutter viel Arbeit abgenommen. Da ich für die Schule nichts tun musste, habe ich mich um die schulischen Aufgaben meiner drei kleinen Schwestern gekümmert und im Haushalt viel mitgeholfen. Wenn jemand mich um etwas bat, versuchte ich, es nie abzuschlagen. Ich habe mich immer angestrengt, anderen zu helfen. Ich selber brauchte nichts. Meine Mutter meinte wohl, ich sollte weiterhin so bleiben und das habe ich versucht zu leben.«

Ich schwieg lange, war betroffen. »Und du, wo bist du geblieben? Mit deinen Gefühlen, deinen Bedürfnissen? Du hast dich oft verletzen lassen und hast dich nicht gewehrt. Wo bist du? Du selbst? Was hat denn der andere in der Beziehung mit dir in der Hand?«

Er schwieg. Dann sagte er: »Ich versuche zu verstehen, ich glaube, du hast recht. Ich habe noch nie ... Ja, man kann die Widmung tatsächlich auch anders auslegen. Du bist die Fachfrau.«

Ich war bewegt über die Möglichkeit, mit meinem Vater so offen zu sprechen und über seine Bereitschaft und Einsichtsfähigkeit und sagte:

»Ja, Papa! Aber das ist ein Teil deiner persönlichen Geschichte, der gar nichts mit dem Schrecklichen zu tun hat, was später folgte ...«

Gerade das nahm mich noch mehr für ihn ein. Manchmal fühlte ich etwas Unbehagen, ihn so auszufragen. Auf der anderen Seite hatte ich das Gefühl, er beantwortete bereitwillig meine Fragen, als wollte er auf dieser Erde noch etwas erledigen. Auch für mich waren diese Eröffnungen neue Erkenntnisse im Verstehen der Person meines Vaters und seine Einwirkungen auf mein Leben. Jetzt verstand ich, warum ich mich als Kind so schwer durchsetzen konnte, warum ich oft so traurig war, warum ich lange brauchte, meine Autonomie zu entwickeln, warum ich so lange an seiner Liebe zu mir zweifelte. Ich konnte auch nachvollziehen, wie schwer es meiner Mutter gefallen sein musste, als ich nach dem Militärdienst mit zwanzig das Land verließ. Sie hatte sich keinen anderen Lebensinhalt aufgebaut und versuchte lange, mich mit Schuldgefühlen an sich zu binden.

Damals, als sie starb, trauerte ich sehr, denn ich hatte in meiner Kindheit eine innige Beziehung zu ihr und sie sehr geliebt.

Später habe ich meine Mutter auch gehasst. Als sie starb, hatten wir uns schon versöhnt und ich konnte mich liebevoll von ihr verabschieden.

Wir beschlossen, unser Gespräch früher zu beenden.

»Ich wollte noch zum Schreibtisch gehen und an dem Buch ›Ratschläge für dich, wenn ich mal nicht mehr bin‹ weiterschreiben«, sagte mein Vater. Er hatte vor einigen Jahren dieses Buch angelegt, in dem er alle möglichen Erfahrungen, Ratschläge, Empfehlungen, Adressen, Hinweise, sein Testament, Aufstellungen etc. eintrug. Bei seinen jeweiligen Besuchen besprach er Veränderungen mit mir und brachte das Eingetragene auf den neuesten Stand.

✶

In meinem Kopf und Herzen arbeitete es. Seit meiner Rückkehr hatte ich keine Freunde angerufen, da ich vorerst bis zur Abreise meines Vaters Zeit für Gespräche mit ihm haben und gerne noch in der Jerusalemer Stimmung bleiben wollte. Nach zehn Uhr abends war ich telefonisch mit David verabredet, der heute Abend anlässlich des jüdischen Neujahrsfestes zwei seiner Kinder zum Essen eingeladen hatte. Ich wünschte ihm und mir eine gemeinsame Verwirklichung unserer Träume im kommenden Jahr. Daneben versuchte jeder, nach einer Woche Abstand, die Essenz des Workshops, unabhängig von unserer Begegnung für sich zu formulieren. Es war schwer, die Auswirkungen an uns und in unserem Alltag von dieser Tatsache zu trennen.

Am Ende des Gesprächs erzählte David von einem Treffen in Tel Aviv mit seiner Frau, der er von unserer Begegnung erzählte. Sie weinte viel und beide erinnerten die schönen Stunden, die sie gemeinsam erlebt hatten.

Am nächsten Tag kehrten die Kinder zurück, die mit Martha an der Ostsee gewesen waren. Sie waren überaus ausgelassen und voll mit Sonne und Sand. Nach einem ausgiebigen vergnüglichen Abendessen brachte mein Vater sie zu Bett.

Und wieder saßen wir in der Küche. Diesmal fragte er: »Erzähl mal von Jerusalem.«

Ich versuchte zu resümieren, welches meine stärksten Eindrücke von dem Seminar waren. »Die viele Trauer im Raum, auch die Trauer der Täterkinder. Unfassbar für mich die Grausamkeiten, die in Täterfamilien auch an den eigenen Kindern ausgetragen wurden. Zuweilen entsetzte mich ihre Niedergeschlagenheit und ihr Schuldbekenntnis. Sie wuchsen mit Lügen auf, Schlägen, Isolation und Einsamkeit. Nirgends war ein Ort für ihre Trauer. Auf der Opferseite war sicherlich der Schmerz über den einherrasenden Tod bei weitem größer. Doch die Trauer war kollektiv. Ein ganzes Volk trauerte. Die Trauer verband. Ein Gefühl von einer Mischpoche. Die Täterkinder auf dem Workshop hatten Angst vor dem Hass der Opferseite. Die Opferkinder vor dem Hass der anderen. Ich jedenfalls empfand keinen Hass gegen die Täterkinder; ich empfand eine maßlose Wut gegen das Geschehene, eine Wut, die ich ausgesprochen habe und von der ich wusste, dass ich nie zulassen würde, durch sie, wann immer, in die Ohnmacht getrieben zu werden. Ich würde zur Tat schreiten! Ich hatte innerlich das Gefühl, deinen Kampf fortsetzen zu müssen. Und die Täterkinder, so sie von den Grausamkeiten ihrer Eltern wussten durch Nachlassentdeckungen, versteckte Tagebücher oder Aufdecken von Familienlügen, waren manchmal depressiv und bedürftig nach Hilfe von der Opferseite.«

Mein Vater hörte aufmerksam zu. »Konntest du etwas von deiner Trauer dort lassen?«, fragte er.

»Ich glaube schon, indem ich darüber sprach. Auch über die Demütigungen, die deiner Mutter und deinen Schwestern zugefügt wurden, und über deine beiden getöteten Brüder. Ich erkannte, dass es nicht um das biblische ›Aug um Aug‹ geht, sondern um die Hand, die dem Feind gereicht werden kann. Jedoch auch um Wachsamkeit vor dem Sturm.«

Dann erzählte ich von David. Im Gegensatz zu meiner Mutter, die immer nachfragte und bald nach irgendeinem Haken suchte, fragte er nicht und hörte nur zu. Er konnte wahrnehmen, was man mit der Seele vermitteln will.

Dann sagte er: »Kind, werde glücklich. Du wirst es schon richtig machen.«

Am übernächsten Tag flog mein Vater ab.

Glücklich sein,
Heißt ohne Schrecken
Seiner selbst innewerden können.
WALTER BENJAMIN

Jetzt pendelte sich der Alltag wieder ein. Ein neuer Alltag, der bald wieder unterbrochen werden würde durch einen Besuch in Jerusalem.

Ende September kam mein Vater wieder aus Tel Aviv angeflogen. Es schien, als würde er im Unterwegssein aufleben und immer begegnete er neuen Menschen. Als ich ihn am Flughafen abholte, stand er schon mit einer jungen Frau am Ausgang, da die Maschine sich verfrüht hatte. Sie hatten nebeneinander im vollbesetzten Airbus gesessen und bei der Frage »Woher?, wohin?« stellte es sich heraus: »Ich bin eine Patientin Ihrer Tochter ...« Er wirkte rüstiger denn je und brachte wie jedes Mal einige Sonnenstrahlen mit vom täglichen Baden im Meer.

Dann flog ich nach Jerusalem. Ich bin in meinem Leben oft nach Israel geflogen, meistens zu meinen Eltern, manchmal zu Freunden. Noch nie bin ich nach Israel zu einem Mann geflogen, den ich liebte. ›Warum eigentlich nicht?‹, fragte ich mich. ›Lag es an der Ausrichtung meiner preußischen Mutter, für die ich ihre abgebrochenen Träume von einem Leben in Berlin realisieren sollte? Oder lag es an der Wortkargheit meines Vaters, der sich ihr beugte?‹

Wohl gab es Verliebtheiten in der Schulzeit schon mit sechs – Arie, heute ein bekannter Popsänger – mit zwölf Benni, Sohn deutscher Eltern – mit siebzehn oder mit achtzehn beim Militär – Chaim. Später verehrte ich seinen Freund Menachem, einen sportlichen Fallschirmspringer. Aber sehr weit gingen wir nicht, ein Kuss, vielleicht etwas mehr, aber: ›Die Mutter war immer dabei ...‹

Wie freute ich mich jetzt auf David. Ich hatte das Gefühl, als flöge die Maschine zu langsam. Und dann stand er vor mir, um mich, mit mir, wir beide ineinander. Ich hielt und atmete David ein und spürte, wie seine Lippen meinen Nacken berührten ... Ich schwand und träumte ... Dann fuhren wir nach Jerusalem.

Welch ein Anblick, Jerusalem im Abendlicht, wie ein großes Amphitheater, eine Landschaft ganz in Stufen – überall Lichter auf vielen Ebenen. Bei seiner Wohnung angekommen, öffnete er die Tür und ließ mich zuerst hinein, ich zögerte etwas, denn nun betrat ich sein Zuhause für mehr als nur einen Tag und eine Nacht. Ich war müde, mein Kopf schmerzte.

»Ich massiere dir den Rücken, aber vorher unsere rituellen Fußwaschungen.«

Unsere Lust aufeinander war so groß, dass wir alles um uns vergaßen: das Essen, das Licht, die Kopfschmerzen, die Zeit. Die Chemie unserer Körper floss über. Es schien, als bebte der Boden in dieser Nacht, ich bangte um die Mauern der Altstadt ... Um fünf Uhr morgens aßen wir das »Abendessen« ...

»Ich muss nachher zu einer wichtigen Verhandlung. Den Wohnungsschlüssel findest du auf dem blauen Küchentisch. Gegen Mittag bin ich zurück und habe die nächsten Tage frei.«

Neben dem Schlüssel fand ich einen Zettel, auf dem geschrieben stand: »Ich bin so glücklich, dass es dich gibt, warum nicht schon früher?« Und darunter schrieb er dreimal den Buchstaben »א«. Es dauerte eine Weile, bis ich begriff. Jedes Wort in dem hebräischen Satz »Ich liebe dich« beginnt mit einem ›Aleph‹.

Am nächsten Tag trafen wir uns zum Essen mit seinen Freunden, einem Kollegenpaar aus demselben Gericht, Jaël und Uri, beide Kinder deutscher Emigranten, hier im Land geboren und aufgewachsen. Wie viel leichter ist eine Begegnung zwischen Menschen ohne das abgrenzende ›Sie‹ der deutschen Sprache. Erst ein vorsichtiges Beschnuppern, dann ein

Lächeln und die immer wiederkehrende Frage: »Warum lebst du nicht hier?.«

Ich fühlte mich wohl hier zu viert in dem kleinen Restaurant ›Achschaw‹, im ersten Stock eines Hauses in der Yoel-Salomon-Straße, welches wir über eine im Hinterhof gelegene Holztreppe erreichten. »Ein Geheimtipp«. Alles schmeckte vorzüglich, auch der Wein. Für Minuten vergaß ich mein Zuhause, als es mir einfiel, überkam mich Traurigkeit. David bemerkte es und legte seinen Arm fest um mich. Ich fühlte mich aufgehoben. In den nächsten Nächten und Tagen liebten, redeten und lachten wir viel. Wir entwickelten abenteuerliche Reisen auf der Körperoberfläche des anderen, die auch in seinem Inneren fortgesetzt wurden, entdeckten eine ungeahnte Somato-Geografie und erfanden abenteuerliche Namen für jeweilige Besonderheiten unserer Körper. Es schien, als hätten wir ein gemeinsames Unbewusstes, in dem wir so viel Entgleisungen und Verrücktheiten zulassen konnten. Für Augenblicke war ich nicht in der Lage, mit Worten zu lieben, nur mit den Händen. In der Nacht stand David auf und spielte mir ein Adagio von Bach vor. Manchmal variierte er leise und glitt in die Klänge einer alten jiddischen Melodie ... eine Art Klezmer-Musik. Ich spielte im Bett sitzend das nackte Publikum. Er hatte sich in der Zwischenzeit wieder seinem Quartett angeschlossen. Ein anderes Mal, als ich gerade seine Bücherwand studierte, stand er neben mir und griff nach einem kleinen Büchlein. Es war eine seidengebundene Jubiläumsausgabe der Gedichte von Chaim Nachman Bialik. Ich kannte ihn aus meiner Schulzeit.

»Hier, diese Gedichte mag ich besonders gerne. Nimm dieses Büchlein mit. Es war eines meiner ersten Bücher ...«

Freitagabend bereitete David ein Fischessen vor, ein Blaufelchen, den wir am Vormittag auf dem Jerusalemer Schuk in der Altstadt lebend ausgesucht hatten. Mit vielen Kräutern und Gemüse, vereinzelt Oliven, garte er im Ofen. Zuletzt köchelte er eine Weinsoße mit Sahne. Das Essen und der Chablis läuteten die letzte Nacht ein, in der ich ihn am liebsten entführt hätte.

Wieder im Flugzeug überkam mich die Freude auf meine Kinder und mein Zuhause und ließ mich für einige Minuten meine Traurigkeit vergessen. Mitte November wollten wir uns zu fünft, Anna und ihr Mann Thomas sowie Hans, bei mir in Hamburg treffen. Noch knappe fünf Wochen, dachte ich.

Kurz nach meiner Abreise aus Israel, ereignet sich wieder ein Attentat im Zentrum Jerusalems.

✶

»Diesmal war es anstrengend mit den Kindern«, sagte mein Vater, als wir abends in der Küche zusammensaßen. Er wirkte müde.

»Wie war es?«, fragte er. »Erzähl doch mal.«

Ich konnte ihm vor allem vermitteln, wie glücklich ich war, nach langer Zeit, und wollte mit ihm über die Verwirrung meiner Identität sprechen. »Wie kam es, dass du damals ohne Einwände zugelassen hast, dass ich in dem Land studiere, das euch einst vertrieben hat?«

Wieder kam das Argument, das ich kannte. »Du weißt ja, wie Mama gelitten hat. Sie wollte es gerne. Ich für meinen Teil hätte es auch gerne gesehen, wenn du in Israel studiert hättest, in Jerusalem zum Beispiel. Dort gab es eine sehr gute medizinische Fakultät, die Professoren kannte ich zum Teil, sie stammten damals überwiegend aus Deutschland. Ich hätte es auch begrüßt, wenn du dein weiteres Leben dort aufgebaut hättest. Du hast dich Mamas Wunsch angeschlossen, da blieb mir keine Wahl.«

»Genau das habe ich dir lange übel genommen, dass du keine eigene Meinung neben Mama vertreten hast.«

»Die Gründe dafür kennst du«, sagte er und fügte hinzu,

»natürlich war ich mit der Entscheidung nicht glücklich, denn ich wusste, dass ich dich in Deutschland nicht besuchen werde. Die Erinnerung an die Ereignisse des Krieges, der Anblick der Lager mit den Überlebenden unseres Volkes war in mir noch nicht verheilt. Ich konnte mir damals nicht vorstellen, dich in Deutschland zu besuchen und in die Gesichter zu schauen. So war in deiner Entscheidung, nach Deutschland zu gehen, für mich auch die Wehmut, da ich wusste, dass ich dich nur sehen werde, wenn du nach Israel in die Ferien kommst. Inzwischen hat sich das geändert. Es sind Jahre vergangen, es ist ein anderes Land geworden. Natürlich sind auch noch manche darunter, die damals mitgewirkt und gemordet haben. Aber jetzt, wenn ich hier bei dir bin, im Wohnzimmer umherblicke, unsere einstigen Berliner Möbel bei dir sehe, die Stühle auf denen wir sitzen, dann habe ich manchmal das Gefühl, selber wieder hier zu sein.

Was ist?«, fragte er. »Du wirkst jetzt traurig.«

»Du hast ja recht«, sagte ich, »ich fühle mich hier zwar zu Hause, aber innerlich habe ich nicht immer das Gefühl dazuzugehören, und das war auch, bevor ich David kennenlernte. Ich versuche, es für mich zu verstehen und jetzt, da ich David kenne, komme ich deutlicher in den Konflikt, wie beziehungsweise wo wir beide zusammen sein könnten.«

Mein Vater hörte aufmerksam zu und trotz seiner Müdigkeit sagte er: »Ich möchte dir etwas sagen: Hinter mir liegt ein langes Leben. Ich habe viele Menschen gekannt und erlebt, glaube mir, es kommt nicht oft im Leben vor, dass jemand so glücklich ist und so eine Liebe findet. Ich denke, an einer Hand lässt sich das abzählen. Genießt euer Glück. Liebe ist so selten und zerbrecht euch jetzt nicht die Köpfe über die Zukunft, bleibt in der Gegenwart. Genießt die Zeit zusammen und eine Lösung wird sich von selber ergeben. Ihr müsst geduldig sein und vertrauen.«

Die Tatsache, dass wir so offen miteinander reden konnten, war ein Geschenk der letzten Jahre nach dem Tod meiner

Mutter. Und seine Worte waren für mich sehr wichtig. Ich fühlte mich bestärkt in meiner Zuversicht.

Und er fügte hinzu: »Heute sind die Landesgrenzen vielerorts schon aufgehoben, Länder sind keineswegs wie früher, durch lange Tages- und Schiffsreisen so weit voneinander entfernt. Ihr könnt euch doch so oft sehen und habt auch die moderne Technik zur Kommunikation in der Zwischenzeit zur Verfügung. Sieh es nicht als Nachteil eurer beiden Wohnorte und der beiden Staatsangehörigkeiten, sondern als eine Bereicherung, als ein Mehr an Möglichkeiten, Erlebnissen, Austausch, Sprache. So solltest du auch die Tatsache deiner beiden Wurzeln betrachten.«

Ich erinnerte mich auch an die Worte einer englischen Analytikerin, selber Jüdin, die mit einem Christen verheiratet ist, die ihrer Tochter eine ähnliche Antwort gab.

Ich erzählte meinem Vater von dem bevorstehenden ›November-Treffen‹, wollte gerne seine Meinung dazu hören.

»Mach das, wenn es dich weiterbringt und dir Klärung verschafft. Vielleicht teilt sich dir während der Gespräche mit den Kindern der Täter diese unerträgliche Stimmung mit, die im damaligen Nazi-Deutschland herrschte und die sich über uns zusammenbraute, bevor wir auswandern mussten.

Ich möchte allerdings an diesem Wochenende nicht hier sein, das wirst du verstehen.«

Die Trauer
ist der Übergang des Menschen
aus einer größeren
In eine geringere Vollkommenheit

Baruch Spinoza

Mitte November fand bei mir das verabredete Treffen statt. David kam einige Tage vorher, er kam das erste Mal zu mir, zu uns. Ich freute mich und bangte, wie es wohl mit den Kindern sein werde. Die Kinder hatte ich nicht zum Flughafen mitgenommen. Ich wollte ihn erst ein paar Minuten für mich alleine haben. Er sei das erste Mal in Hamburg, sagte er.

In unserer Straße angekommen, bestaunte David die vielen Altbauten. Als ich aufschloss, stürzten mir die Kinder entgegen. Meine kleine Tochter Mirjam hielt sich an meinem Bein fest, als wolle sie sich dahinter verstecken, guckte um die Ecke und Benjamin demonstrierte, er sei hier zu Hause, ging zu David und fragte ihn: »Wer bist du?«

»Ein Freund und ich heiße David«, gab er zur Antwort. Ich war überrascht. Wie er mir später erzählte, hatte er in der Zwischenzeit einige Stunden Privatunterricht in Deutsch genommen und seine Kenntnisse aufgefrischt, so dass eine Verständigung hier mit den Kindern möglich sein konnte. In seiner Kindheit sprachen seine Eltern meist Deutsch untereinander.

Wir gingen nach hinten. Als mein Sohn seinen Koffer sah, fragte er: »Bleibst du hier?«

»Ja!«

»Wie lange?«

Er zählte an seinen Fingern. »Acht Tage.«

»Wo wirst du schlafen?«

Ich antwortete: »Bei mir.«

»Warum?«, fragte mein Sohn.

»Weil ich nicht gerne alleine schlafe«, antwortete ich.

David lächelte und mein Sohn, etwas pikiert: »Ich darf nicht immer bei meiner Mama schlafen.«

»Wahrscheinlich geht deine Mama viel später ins Bett als du«, versuchte David eine Antwort. Wir wollten beide vor den Kindern kein Versteckspiel.

Martha hütete in der Zeit die Kinder: »Ich bin Martha«, begrüßte sie ihn.

»Ich bin David«, erwiderte er.

Es folgten spannende Tage mit vielen Fragen der Kinder.

Unter anderem »Hast du auch Kinder?«

»Ja!«, antwortete David.

»Wo sind sie?«

»In Israel.«

»Warum sind sie so weit weg?«

Jetzt musste ich sprachlich helfen. »Das werde ich euch ein anderes Mal erklären«, sagte ich.

»Wohnst du da auch?«, fragte mein Sohn weiter.

»Ja!«, sagte David.

Noch ehe alle Fragen beantwortet waren, reisten die drei anderen an. Hans bekam das Zimmer mit der analytischen Couch, Anna und Thomas mein Sprechzimmer mit der Bibliothek. Das Esszimmer blieb für uns alle. Jetzt wusste mein Sohn nicht, wen er noch fragen sollte.

Er grübelte und sagte dann: »Wohnen wir jetzt alle zusammen hier?«

»Ja, für ein paar Tage«, sagte ich.

Die Wiedersehensfreude war groß. Besonders zwischen Thomas und David. Ich freute mich auch sehr über Anna und Hans. Freitagabend ein großes Essen. Mit Marthas Hilfe bereitete ich einen Stockfischbraten nach einem alten spanischen Rezept. Die Kinder bekamen gebratenes Putenschnitzel mit Unmengen von Ketchup. Das gemeinsame Mahl, alle um einen Tisch sitzend und essend, ist eine alte Familientradition aus dem Elternhaus meines Vaters. Martha brachte die Kinder zu Bett, ein schwieriges Unterfangen: Immer wieder rannte einer weg und schleppte Gegenstände aus irgendeinem der Koffer an.

Wir fünf planten unsere nächsten beiden Tage. Wir kamen zusammen, um erneut gemeinsam darüber nachzudenken, inwieweit die Last des Schweigens, die während des Workshops in Jerusalem in jedem aufbrach, sich in unseren Familien, in unserem jeweiligen Leben weiterhin ausgewirkt hatte und wo jeder von uns, nach Jerusalem, durch neue Erkenntnisse und Veränderungen jetzt angekommen war. Wir wollten um neun frühstücken, um danach bis zum Mittag Zeit für ein Gespräch haben zu können. Den Nachmittag für einen Spaziergang, eine Paddeltour über die Hamburger Kanäle, einen Museumsbesuch oder Mittagsschlaf, für abends hatte ich Theaterkarten im Schauspielhaus besorgt, für Ibsens *Wildente* – auf ein wenig Kultur wollten wir nicht verzichten. Am Sonntagvormittag könnten wir unser Gespräch fortsetzen. Wir saßen noch ein Weilchen um den großen Tisch, tranken und lachten. Ich fühlte mich wohl als Gastgeberin dieser Runde mit David und phantasierte für mich, wie es wohl sein könnte mit seinen Freunden in Jerusalem. Es wurde spät.

Welch Schicksale unter einem Dach! Das volle Haus, die vielen Gäste um den Tisch, das Leben um uns erinnerten mich an das Leben im Elternhaus meiner Jugend, wenn auch die Zeit, die Menschen, die Schicksale, die Not, das Leid, damals andere waren. Und immer wieder der Gedanke: Damals, als meine Eltern hier noch lebten, damals, so es uns gegeben hätte, wäre uns eine Begegnung untersagt worden oder wir hätten sie mit dem Leben bezahlt. Das bekam ich nicht aus meinem Kopf. Wahrgenommene Nähe und Verbundenheit waren jetzt andere. Wir suchten und brauchten jetzt, hier, diese Nähe, um miteinander unsere Last abzutragen.

Und nachts Worte der Liebe in der Sprache meiner Kindheit. Wieder befanden wir uns in dem Séparée unserer inneren und äußeren Existenz. Grenzen waren aufgelöst und Wünsche geweckt ... Wir glitten in die Tiefen unseres Meeres und suchten Schutz ineinander ...

Am Morgen ein gemeinsames Frühstück, wir hatten verschiedene Sprachen zur Verfügung: Mit den Kindern sprachen wir Deutsch, mit den Freunden Englisch, David und ich sprachen Hebräisch. Ein Stimmengewirr in der Küche. In unserem Gemach spielten die Katzen ›Abigail‹ und ›Celine‹ in Davids Koffer ...

Die Kinder wurden von einer befreundeten Familie mit Gleichaltrigen bis zum Sonntag Nachmittag aufs Land abgeholt.

Nach dem Frühstück versuchte jeder seine Formulierung.

Anna, Tochter eines Bürgermeisters aus dem Norden des Landes, erzählte, wie zu Hause die Kollaboration ihres Vaters mit dem Nazi-Regime heruntergespielt und verleugnet wurde und sie davon erst nach seinem Tod durch die Mutter erfahren hat. Bei ihren Recherchen wurde sie von ihren Geschwistern als »Nestbeschmutzerin« beschimpft. Durch den Workshop in Jerusalem konnte sie ihr Bemühen um Wahrheit vor sich und den Anderen auch ohne Schuldgefühle vertreten und fand einen Ausweg aus ihrer depressiven Haltung. Auch erwog sie erneut, therapeutische Gespräche aufzunehmen, die sie früher bereits geführt hatte.

Thomas, ihr Mann, der ›ganz Neue‹ in unserer Runde, erzählte von seinem großen Leid in der Kindheit, von den Schlägen und dem Schweigen seines Vaters, worunter besonders er als ältestes von mehreren Geschwistern zu leiden hatte. Zu Hause wurde die Vergangenheit totgeschwiegen; wenn er Fragen stellte, wurde er geschlagen und bestraft. Nach dem Tod des Vaters wurde zunächst ein Notar und später, nach seinem Medizinstudium, er als Nachlassverwalter eingesetzt. Er bekam Zugang zu Unterlagen, die in einem Safe aufbewahrt waren, und stellte fest, dass sein Vater eine maßgebliche Rolle bei Organisation und technischem Ablauf der Ermordung in den Konzentrationslagern gespielt hatte. Wegen seiner Kindheitserfahrungen und der Bedrücktheit aus diesen Erlebnissen hatte er während und nach seinem Medizinstudium lange in der Entwicklungshilfe in Afrika gearbeitet und zudem hatten er und Anna beschlossen, ihre Ehe kinderlos zu führen.

Hans, der Sportliche, war schon als Kind mit seinen vier Geschwistern im Stile des Dr. Schreber gezüchtigt und geprügelt worden. Jeden Tag, bei Wind und Wetter, wurden draußen Übungen und kalte Waschungen betrieben. Seine Eltern waren aus Berlin in ein winziges Dorf in Schwaben verzogen, wo keiner sie kannte. Eine Tatsache, die er als Kind nicht verstand. Weder Freunde noch Verwandte gab es und nie Besuch. Alles war knapp. Großzügig waren nur die Strafen, die Verbote und die Schläge. Eine martialische Kindheit. Ein Bruder erschoss sich aus Protest gegen die Haltung des Vaters im Alter von fünfundzwanzig Jahren, eine Schwester führte ein »leichtes Leben« und wurde auf mysteriöse, bislang ungeklärte Weise vor zehn Jahren im Alter von Ende zwanzig ermordet. Der Vater starb irgendwann und erst nach dem Tod der Mutter fand er Tagebuchaufzeichnungen von ihr, in denen sie über ihr voreheliches Leben in einem vornehmen Berliner Nazibordell berichtete, in dem sie Diplomaten aushorchen sollte, und später von Aktivitäten des Vaters bei den Erschießungskommandos in Litauen.

Welch unsagbare grausige Last, dachte ich.

Er erklärte, seine nach wie vor große sportliche Aktivität sei eine Möglichkeit, motorisch seinen seelischen Schmerz zu lindern. Er habe Psychologie als Zweitstudium belegt, als er sich selber als schlagender Vater wiedererkannte. Jetzt begreife er Zusammenhänge und entdeckte im Nachlass seiner Eltern mehr als die erwähnten Angaben. Nach dem Workshop habe er für sich Klarheit gefunden und seine Scham abbauen können. Er sei auch über die Freundschaft zu Opferkindern, wie sie mit uns zustande gekommen war, sehr glücklich.

Dann erzählte ich, erzählte von den Gesprächen mit meinem Vater nach der Rückkehr aus Jerusalem, Gespräche die vorher, vor dem Workshop nicht möglich waren, und versuchte, den Zustand in meinem Elternhaus zu formulieren: »Auf der einen Seite war da die Opferhaltung und das Schweigen meines Vaters und zugleich die Opferstimmung meiner Mutter mit ihrer ganzen Tragik. Manches Mal wies meine Mutter in ihrer Strenge und ihrem Erziehungsstil auch Täterzüge auf. So schlug sie mich als Kind häufig und schloss mich durch Sanktionen von der Teilnahme an Klassenreisen, Jugendorganisationen oder beim Spiel mit, wie sie sagte, ›Schmuddelkindern‹ aus. Gemeint waren die Waisenkinder in dem benachbarten Kinderheim, mit denen ich in meiner Jugend gerne spielte. Sie erschwerte mir auch den Zugang zu meinen jüdischen Wurzeln, indem sie sie mitunter abwertete. Ich habe auch darüber nachgedacht, wie meine Mutter sich verhalten hätte, wäre sie nicht mit einem Juden verheiratet gewesen und in Deutschland geblieben?! In dem Workshop, auch schon davor, habe ich Zugang zu meinem jüdischen Erbe gefunden. Plötzlich konnte ich David wahrnehmen, das heißt einem Menschen begegnen, in dem ich Ähnlichkeiten mit mir entdeckte und öffnete mich.

Ihn konnte ich lieben.«

David schaute zu mir herüber und sein Blick hielt mich fest.

Dann sprach er als Letzter: »Für mich gab es zu Hause das Schweigen beider Eltern. Ich habe sie wenig erlebt, denn ich wuchs zusammen mit anderen Kindern im Kinderhaus des Kibbuz' auf.

Wenn ich zu Hause war, schwieg besonders mein Vater, der alle seine Verwandten in den Lagern verloren hatte. Ich habe von ihm kaum etwas erfahren, sondern erst durch Recherchen, die mir als Richter leichter fielen, und durch Erzählungen entfernter Verwandter aus Amerika. Meine Mutter war ebenfalls schweigsam, hatte viel um die Ohren mit den übrigen Geschwistern, ließ keine Fragen zu ihrer Vergangenheit zu und schien unter einer Last zu leiden. Ihre Eltern wollten zunächst nicht emigrieren und kamen später aus Deutschland nicht mehr heraus. Ich habe gleich nach meinem Studium eine Jugendliebe aus der Schulzeit geheiratet und nacheinander kamen unsere Kinder. Die Ehe ermüdete zunehmend. Wir lebten wie gute Freunde nebeneinander. Damals begann ich auf Anraten eines älteres Freundes und Kollegen eine Analyse, übrigens bei einem ehemaligen Berliner, die mich zunächst aus der Niedergeschlagenheit und Trauer über mein dahinschwimmendes Leben herausholte. Ich beschloss eine räumliche Trennung zu meiner Familie und bewarb mich für den Vorsitz am Jugendgericht in Jerusalem. Lange noch war ein Stück Opferlast in mir. Die Analyse ging weiter. Ich musste erst lernen, mit meinen Schuldgefühlen den Kindern und meiner Frau gegenüber umzugehen und alleine zu leben. Ich war das erste Mal in meinem Leben allein auf mich gestellt. Jetzt stand ich gut auf meinen Beinen und nach dem Workshop spiele ich ab und zu wieder Geige, wie in meiner Jugend. Ich habe sie mitgebracht und wenn ihr wollt, spiele ich euch nachher etwas vor. Erst durch die Gespräche mit euch während des Workshops war das Erkennen von Ähnlichkeiten, von ähnlichen Versuchen, diese Last loszuwerden, das befreiende Gefühl, das Aufrichten aus dieser Traurigkeit und dadurch erst die Begegnung mit Henrietta möglich. Eine in mir zuvor ungeahnte Erlebnisintensität hat sich seitdem entwickelt.«

Mit meinem Körper spürte ich seine Worte.

Inzwischen war Mittagszeit, wir begaben uns in die Küche und aßen die Reste vom Frühstück. Thomas und David, die sich lange nicht gesehen hatten, zogen einen Spaziergang zu zweit vor. Anna und ich besuchten eine Man-Ray-Ausstellung in der hiesigen Kunsthalle und Hans, der Radler, der sein Sportrad im Zug mitgebracht hatte, strampelte seinen Lastenausgleich mit dem Rad ab. Am späten Nachmittag sahen wir uns wieder. Ich hatte einige Putenschnitzel gebraten und eine Schale Salat mit Obst bereitet.

Am Abend dann Ibsens *Wildente* – ein Erlebnis!

Bei einem trockenen Carmel-Wein tauschten wir Meinungen aus und genossen unsere Freundschaft. Am Sonntagmorgen tauschten wir Träume, versuchten Interpretationen, sprachen über Buchtitel zu unserem Thema und erwogen einen Termin für ein erneutes Treffen.

Mittags brachten wir sie gemeinsam zum Zug, sie fuhren in einem Abstand von einer halben Stunde. Für einige Stunden waren David und ich alleine. Wir fuhren nach Blankenese, dort hatte ich fünf Jahre im Studentenheim gelebt, und spazierten an der Elbe.

»Damals habe ich hier oft über mein Leben nachgedacht und mit den Wellen gesprochen, dass es dich schon gab, wusste ich zu der Zeit noch nicht ...«

Die folgende Woche lebten wir viel mit den Kindern. Ich hatte mir einige Urlaubstage freigeschaufelt. Wir brachten sie im Wechsel oder zusammen in den Kindergarten. ›Familie auf Probe‹ nannten wir es. Über den ganzen Flur waren Benjamins Autos verteilt, »meine Autobahn!« Auch Miriam schien vergnügt – manchmal übermäßig. Ab und zu stürzte sie. Damals machten sich die ersten Zeichen der später diagnostizierten Erkrankung bemerkbar.

Wieder entdeckten wir neue Möglichkeiten miteinander und nachts suchte ich manchmal nach einem Ausweg für Davids Schnarchgeräusche ...

Zum Flughafen reisten wir in meinem »sportlichen« Automobil zu viert, es war etwas eng.

Kurz vor dem Abflug fragte mein Sohn: »David, wann kommst du wieder?«

»Bald«, antwortete er, »zu Silvester.«

Jetzt hatten wir die längste Trennung vor uns, seit wir uns kannten, und eine neue Erfahrung, gemeinsam mit den Kindern zu sein. Er hatte eine geduldige Art, mit ihnen umzugehen, obwohl sprachlich noch etwas holperig, und krabbelte mit meinem Sohn auf dem Boden herum.

»Du warst so mutig, die Kinder allein zu adoptieren, warum sollte es mir nicht gelingen, mit ihnen ebenfalls eine Beziehung aufzubauen«, sagte er mir. Worte, die ich nie zuvor von einem Partner hörte.

VIERTER TEIL

Niemand knetet uns wieder
Aus Erde und Lehm.
Niemand bespricht unseren
Staub.
Niemand.

Paul Celan

Zum letzten Geburtstag meines Vaters schenkten Herbert und ich ihm eine Reise nach Pommern in seine Geburtsstadt Labes, wo er die Gräber seiner Brüder, seines Vaters und seiner Vorfahren aufsuchen wollte. Eine biblische Art, sich zu verabschieden, bevor man sich selber zur Ruhe legt.

Wir hatten die Reise im Sommer geplant und vorbereitet, noch bevor ich David kennenlernte. Herbert organisierte alles: aus Stettin, inzwischen Szczecin und polnisch, alte Karten. Für Polen musste ein Visum beantragt werden. Jetzt, Anfang Dezember, war mir unheimlich vor dieser Reise, Herbert war so weit weg von mir, als gäbe es zwischen uns einen riesigen Eisberg.

Ich sprach mit David, der meinte: »Für deinen Vater ist es wichtig und wenn du zugesagt hast, musst du jetzt die Reise antreten.«

Es war kalt und nass. Wir fuhren mit Herberts großem Wagen. Die Reise war beschwerlich, unnötige Wartezeiten an der DDR- und der polnischen Grenze. Mein Vater war der geduldigste und ertrug es am leichtesten. Das Hotel in Stettin, war ein kalter ungemütlicher Plattenbau. Am nächsten Tag die Fahrt nach Labes, sechzig Kilometer südöstlich von Stettin in einer leicht hügeligen Landschaft. Es regnete pausenlos.

Plötzlich das Ortsschild »Labes«. Mein Vater war sichtlich erregt. Wir fuhren die Hauptstraße entlang, lauter polnische Namen, wir suchten das Gut ›Hohen-Ellern‹. Dort, wo es einst stand, unweit des Marktplatzes, standen jetzt zwei mittelgroße Plattenbauten.

»Schau, da der Birnenbaum, auf den ich als Kind geklettert bin. Der steht noch da«, sagte mein Vater bewegt. Dann fuhren wir an die Rega, die noch floss ...

»Hier machte ich meine ersten Angelversuche als Kind mit bloßer Hand, Lilly und Lupi saßen dabei«, sagte mein Vater.

Das Rathaus stand, es wehte eine traurige nasse polnische Flagge und es stand noch die kleine Kirche. Am Ortsende bogen wir rechts ab in Richtung Bahngleise.

»Da, vor den Gleisen, genau dort, wo sie etwas nach rechts abbiegen, da lag der jüdische Friedhof«, sagte mein Vater betroffen.

Es war nichts zu sehen. Er stieg aus und lief auf dem leeren Feld im Regen auf und ab. Herbert folgte ihm mit einem Schirm. Ich blieb im Auto, beobachtete ihn, wie er mit traurigem Gesicht sprachlos den Kopf hin und her wiegte.

Wieder im Auto sagte er: »Es kann doch nicht sein, hier war doch der jüdische Friedhof.«

Alles war dem Erdboden gleich platt gewalzt worden. Die Deutschen oder die Polen, keiner wollte sie haben, die jüdischen Menschen und ihre Gräber. Wir fuhren zur Kirche zurück, wo mein Vater heftig an das Portal klopfte in der Hoffnung, jemanden fragen zu können. Vergeblich. Dann bei der Post, auch hier erfolglos, sie sprachen alle nur noch polnisch. Es gab niemanden, den wir fragen konnten. Als wir über die holprige Straße langsam aus dem Dorf fuhren, fragte ich mich, ob die Straße unter uns vielleicht mit Grabsteinen gepflastert ist. Es war eine bedrückte Stimmung, mit der wir ins Hotel zurückkamen. Mein Vater konnte sich nicht mehr von seinen Ahnen verabschieden. Vor fünfundfünfzig Jahren stand er zuletzt vor den Gräbern, jetzt hatte er seine Kippa mitgenommen, um zum Abschied an den Gräbern einen Kaddisch zu sprechen.

Beim Abendessen zunächst Schweigen. Wie muss sich mein Vater gefühlt haben, wie einsam, seine Wurzeln aus der Erde eliminiert ...

Hätte er die Gräber gefunden, wäre ein Abschied, eine innere Rückkehr, jetzt, gegen Ende, möglich gewesen. Er hatte versucht, etwas wiederzufinden, eine Bestätigung für seine inneren Bilder. Jetzt waren die Knochen der Vorfahren und die Familiengeschichte beseitigt worden. Jetzt waren keine Rückbesinnung, kein Zurück mehr möglich. Er war heimatlos, auch seiner inneren Heimat beraubt worden. Er hatte keinen Ort für seine Trauer. Es war nur schwer möglich, meinen Vater auf andere Gedanken zu bringen, er war sichtlich in sich zurückgezogen. Ich konnte seinen Schmerz fühlen.

Herbert und ich teilten ein Zimmer mit getrennten Betten, andere Räume konnten wir nicht bekommen. Es war lausig kalt und ungemütlich. Die Zimmertemperatur glich fast der draußen, die unter dem Gefrierpunkt lag.

Zwischen uns war schon vor David ein Abstand gewachsen und jetzt erst recht eine Mauer aus Eis entstanden. Später fragte er mich zur neuen Beziehung aus, ich gab ihm nur unwillig Antwort.

Er fragte immer weiter, bis ich sagte: »Ich möchte dir darüber nicht mehr erzählen.« Es wurde sehr frostig im Zimmer. Als ich an der Rezeption versuchte, David anzurufen, kam keine Verbindung zustande, auch zu den Kindern nicht.

Traurig, enttäuscht und durchgefroren, kehrten wir am dritten Tag nach Hamburg zurück und ich hatte eine Vorahnung; nach diesem missglückten Abschiedsbesuch bei seinen Vorfahren würde mein Vater ihnen bald folgen.

Er blieb noch über Weihnachten und bereitete auch wieder einen Steinbeißer zu, den er auf dem Markt selber aussuchte. Es war sein letzter Steinbeißer. Heiligabend kam er mit uns in die Kirche. Wir saßen eng nebeneinander, die Kinder zwischen uns. Er kam im Laufe der Jahre häufig Heiligabend in die Kirche mit, als sei ihm dieser Gang nicht fremd. Er hatte auch vor der Ehe meiner Mutter zugestimmt, bei sich zu Hause einen Weihnachtsbaum aufzustellen. Überhaupt war er ein toleranter Mensch, der sich nicht um Konventionen kümmerte.

Seit der verzweifelten Suche auf den pommerschen Hügeln nach Resten seiner Vorfahren und seiner Kindheit, schien er innerlich zusammenzupacken. Zu schmerzlich muss dieser trostlose Anblick an jenem kalten Regentag für ihn gewesen sein.

Wie sagte er doch bei seinem letzten Geburtstag: »Ich habe ein langes Leben hinter mir, mit vielen Hochs und Tiefs, Sonnenstrahlen an meinem Abendhimmel sind meine beiden Enkel, nun aber ist es genug. Viele meiner Freunde sind schon verstorben, auch meine Frau, und ich wünsche mir ein Ende, ohne leiden zu müssen.«

Damals war ich auf diese Worte, als er plötzlich aufstand und sprach, nicht vorbereitet und sie schnürten mir die Kehle zu. Ich wollte ihm erwidern, ihm danken und einiges erzählen, bekam jedoch nur den Satz heraus: »Du warst ein guter Vater.« Dann kämpfte ich mit Tränen. Die Vorstellung, ihn bald nicht mehr zu haben, unseren gerade begonnenen Dialog, unsere auflebende Vater-Tochter-Beziehung bald aufzugeben, schmerzte mich.

✶

In jener Nacht seines letzten Geburtstages schien er noch einmal aufzublühen. Ich hatte ihm zu diesem Tag seinen lang ersehnten Wunsch erfüllt und ihm eine Fliege, eine dunkelrote seidene Fliege, geschenkt. Seit ich ihn kannte, hatte er sich eine gewünscht, unklar warum meine Mutter ihm diesen Wunsch nie erfüllt hat. Da stand er in seinem schwarzen Anzug, seine braunen Augen strahlten, er schien durch die Erleichterung seit dem Tod meiner Mutter, auch durch unsere Gespräche, durch neue Erkenntnisse und Einsichten, durch die neu gewonnene Freiheit und Energien, wie auferstanden zu sein.

Ich war stolz auf ihn. Meine Freunde, es waren an die fünfzig anwesend, hatten ihre Freude an ihm und ich gab gerne etwas von ihm ab. Er blühte auf, zitierte Homer und Aischylos, Cicero und Victor Hugo. So einen Vater kannte ich vorher nicht. Zu diesem Tag hatte ich ihm seinen Lieblingskäsekuchen gebacken, nach einem Rezept seiner Mutter und alles für das Fest selber vorbereitet. Das war mein letztes Geschenk an ihn.

Als es spät wurde in jener Nacht, sagte er zu uns, es muss gegen zwei Uhr gewesen sein: »Geht ruhig zu Bett, ich kümmere mich um die Gäste.« Da saß er munter und glücklich in einer Gruppe von zwölf Menschen, die in einem Kreis um ihn saßen und zuhörten. Er hatte eine einnehmende Art zu erzählen; sprach langsam, mit sonorer Stimme, blickte seine Zuhörer an, ab und zu wartete er und dann fuhr er fort, als würde er sie auf seine innere Reise mitnehmen. Sein Gesicht leuchtete aus sich selbst heraus mit einem leisen Lächeln – ohne die wackelnden Ohren. Es leuchtete aus eigener Fülle. Er war angekommen.

Dieses Bild ist mir stark in Erinnerung geblieben, es schien, als säße er inmitten seiner Ursprungsfamilie in Pommern, zwölf Personen. Nie zuvor habe ich meinen Vater so glücklich erlebt.

Es war das Lächeln am Ende der Leiter.

Dieses Bild in meiner Erinnerung tröstete mich über seinen nun folgenden Abbau. Jetzt fühlte ich mich stark durch die Kraft, die mir David gab. Er blieb noch bis nach den Feiertagen, nicht aber über Silvester. Ich wollte so gerne, David mit ihm bekannt machen, der über die Jahreswende kommen wollte, vielmehr, dass beide Männer sich hier in diesem Rahmen begegnen. Ich wollte dabei sein. Er spürte seine nachlassenden Kräfte.

»Schade«, sagte ich, »dann wirst du David nicht kennenlernen.«

»Ein anderes Mal«, sagte er. Ich wusste, er wusste, dass es kein anderes Mal mehr geben würde.

Am 28. Dezember brachte ich meinen Vater zum Flughafen, immer diese billigen Charterflüge, meist am Ende der Nacht. Mich erstaunten seine verbliebene Rüstigkeit und seine jetzige Entschlossenheit und Energie zu reisen. Offenbar hatte er noch einiges zu erledigen. Ich wusste um seinen Gesundheitszustand. Dennoch war seine Antwort, wenn jemand nach seinen Krankheiten fragte: »Fragen Sie mich nicht nach meinen Krankheiten, fragen Sie nach meiner Gesundheit.«

Dann flog er ab. Diesmal zweifelte ich, ob er es noch schaffen würde zurückzukommen.

Er hatte in das Büchlein »Ratschläge für dich« unter anderem auch eine Vollmacht hineingelegt, die mich berechtigte, »im Falle meines Ablebens in Israel, meine sterblichen Überreste nach Hamburg zu überführen. Dort liegt meine Frau begraben.« Er wollte neben seiner Frau liegen – in Israel unmöglich. Ein für mich damals gruseliger Gedanke, mit ihm – in einem Zinksarg – im selben Flugzeug zu fliegen. Ohne diese Genehmigung wäre es mir aber nicht möglich gewesen, ihn zu überführen.

Hatte ich nicht erst vor Kurzem in der Zeitung davon gelesen? In Israel werden tote christliche Partner, auch solche, die ihre jüdischen Männer oder Frauen im Krieg gerettet haben, wieder ausgegraben und in einen entfernten nichtjüdischen Friedhof gelegt ... Schließlich waren meine Eltern über fünfzig Jahre verheiratet, warum sollten sie nicht über den Tod hinaus nebeneinander liegen?

Noch aber lebte er.

Mein Freund, ich brauche Dich
Wie eine Höh'
Auf der man anders atmet
ANTOINE DE ST. EXUPERY AN LEON WERT

Zwei Tage später fuhr ich wieder zum Flughafen. Diesmal um David abzuholen, der aus New York kam. Wir wollten unser erstes Silvester gemeinsam verbringen. Vor vier Monaten waren wir einander begegnet, hatten seit sechs Wochen nur telefoniert. Meine Hände vergaßen unsere Sprache, meine Haut unseren Dialog. Meine Freude und mein Hunger waren groß als ich ihn am Flughafen erblickte ... Auf der Fahrt in meinem Automobil im angeschnallten Zustand waren wir in unserer Bewegungsfreiheit deutlich eingeschränkt. Erstmals bemerkte ich Davids im Ansatz angegraute Schläfen.

Als wir zu Hause angekommen die Tür öffneten, rannte Benjamin aus seinem Zimmer und rief: »David, David, Opi ist weg.« Es klang fast, als würde er sich darüber freuen, denn für ihn war er ein alter Mann, den er manchmal aus der Ruhe brachte. Kürzlich erst, nach einem Theaterbesuch, als ich spät zurückkam und mein Vater zu Hause »babysittete«, kam mir beim Öffnen der Tür gegen zwei Uhr morgens ein aufgeregter Sohn entgegen, der rief: »Mama, Mama, Opi schläft.« Da war mein Vater auf dem Sofa eingeschlafen und Miriam fand ich nicht in ihrem Bettchen, sondern in meinem ... Am nächsten Tag sagte mein Vater: »Das mache ich nicht wieder. Es war so anstrengend.«

Diesmal ohne Gäste. Aus New York brachte David für Benjamin einen kleinen grünen Peugeot aus Metall mit. »Schau mal, das ist mein Auto«, sagte er. Und für Miriam hatte er aus Israel eine kleine Puppe mitgebracht, aus der beim Hinlegen ein hebräisches Schlaflied ertönte: »*Laila, laila* ...«. Ich kannte es aus meiner Kindheit. Es ist ein sehr schönes Lied, in seiner Melodie Ursprünge aus dem Russischen, und aus seinem Inhalt ist Wehmut herauszuhören. Sie nannte die Puppe »Numi«, wie es im Lied heißt. *»Numi, Numi, kochav mesamer«* – »schlafe, schlafe, singt ein Stern.« Seither ist Numi immer dabei, auf allen Reisen, inzwischen etwas angeknabbert und zerfranst.

Wie nach einer langen Dürrezeit erhob sich in jener Nacht das nackte Leben, wir konnten wieder atmen! In den folgenden Nächten, auch wenn wir schwiegen, hatten wir einander etwas zu sagen und fühlten den anderen, auch wenn wir einander nicht berührten. Unsere »Observationen« zum Beginn jeder Nacht bekamen spielerischen Charakter. Weit kamen wir nie ...

Und wieder fuhren wir zum Flughafen, zu viert, jeder Abschied wurde schwerer.

In der kommenden Welt wird man mich nicht fragen,
Warum bist Du nicht Moses gewesen?
Man wird mich fragen:
Warum bist Du nicht Sussja gewesen?

RABBI SUSSJA VOR SEINEM TOD

Im Januar telefonierte ich häufig mit meinem Vater, der, wie es schien, seine Wohnung in Tel Aviv aufzulösen begann. Ob ich dies oder jenes noch wollte, fragte er wiederholt. Unsere Wohnung hatte jetzt ihren eigenen Stil, nicht zu voll und mehr von den Dingen meiner früheren Jahre wollte ich nicht um mich haben. Zu sehr ist in mir noch die Erinnerung gegenwärtig an die übervollen Wohnungen der »Jekkes« in Israel, mit den vielen Kunstschätzen – nebeneinander, übereinander, durcheinander ... Auch das ständige Einmischen meiner Mutter und Mitbestimmen bei der Einrichtung meines einstigen kleinen Zimmers. Hier ist mein Zuhause. So schenkte mein Vater seine gesamte Bibliothek dem Tel Aviver Museum, einen Teil seiner restlichen Möbel meiner geliebten Nechamia, die noch am Leben war, und den anderen Teil überließ er Freunden. Mein Vater reiste hier und da hin, nahm Abschied von Schwester und Schwager in Haifa und von vielen Freunden in Tel Aviv, regelte bis zuletzt alles alleine. Nechamia kam zweimal die Woche, um für ihn zu kochen und die Wohnung in Ordnung zu halten.

Er blieb bis zum 29. Januar, er wollte, zwei Tage zuvor, am Auschwitz-Gedenktag zusammen mit seinem Volk schweigen. Wenn sie sich auch nicht mehr kennengelernt haben, mein Vater und David, so haben sie wenigstens diese Gedenkminute, der eine in Tel Aviv, der andere in Jerusalem, gemeinsam erlebt und geschwiegen,

Am 28. Januar besuchte mich Vaters langjähriger Freund Jona, den er in der jüdischen Brigade kennengelernt hatte. Jona Königshofer war einer der Letzten, die 1938 an der Talmud-Thora-Schule in Hamburg Abitur machen durften. Von seinem Kellerzimmer in der Klosterallee 6 radelte er durch die Nacht, als in Hamburg die Synagogen brannten. Kurz darauf begleitete er einen Kindertransport aus dem Waisenhaus Johnsallee mit einer Al-Italia-Maschine auf abenteuerlichen Wegen nach Palästina. Jetzt kam Jona zu mir nach Hamburg geflogen, um mich auf den reduzierten Zustand meines Vaters vorzubereiten und ihn mit mir gemeinsam am Flughafen zu empfangen. Am Frankfurter Flughafen wurde mein Vater bereits durch einen Feuerwehrarzt aus dem Flugzeug geleitet und mit einem Rollstuhl durch die Transithalle in die dortige Ambulanz gefahren. Nur durch meine telefonische Zusage, ihn als Tochter und Ärztin hier in Hamburg direkt am Flugzeug in Empfang zu nehmen, durfte er noch weiterfliegen. Es war die letzte Flugstrecke seines langen Lebens.

Als er auf dem Rollfeld, mir von einem Feuerwehrmann im Rollstuhl entgegengebracht wurde, sein kleines Täschchen auf seinen Knien, mein gebrochener Vater, kamen mir die Tränen. Jona war neben mir. Mein Vater war glücklich, angekommen zu sein bei uns.

Erst als er in seinem Bett lag, sagte er erleichtert: »Ich danke Gott, dass ich es noch geschafft habe.«

Es war unser Gästezimmer, in dem ich ihm einige Jahre zuvor viele Familienbilder aufgehängt hatte, einige Urkunden, so die vom Dekan der Würzburger Universität anlässlich seines goldenen Doktor-Jubiläums mit fünfundsiebzig Jahren, diverse Orden aus vielen Kriegen lagen im Bücherregal. Es war sein Zimmer, das ›Opi-Zimmer‹.

Es wurden schwere Wochen. Er wurde ständig weniger, traurig zuzusehen, was von der Fülle des Lebens übrig bleibt. Anfangs half ich ihm noch beim Aufstehen, es wurde schwerer. Wir nahmen stundenweise einen Pfleger, der ihn wusch und umbettete. Ein befreundeter Internist versorgte ihn. Das Wissen um meinen sterbenden Vater in Nachbarschaft zu meinem Sprechzimmer, erschwerte mir die Konzentration bei der Arbeit. Um seine gesamte Pflege zu verbessern und Bluttransfusionen zu verabreichen, beschlossen wir die Verlegung in das Israelitische Krankenhaus. Er war erleichtert, denn es quälte ihn der Gedanke, mich so zu belasten und mit seinem reduzierten Zustand zu konfrontieren. Täglich besuchte ich ihn, es dauerte einige Wochen.

David stützte mich am Telefon und meinte: »Wenn du mich brauchst, komme ich.«

Die Worte kamen mir bekannt vor und das Wissen um die Möglichkeit tat mir gut. Allerdings zog ich es vor, diese Zeit des Abschiednehmens mit ihm alleine durchzustehen, denn David kannte ihn ja leider nicht. In seinem reduzierten Zustand in den letzten Wochen wollte mein Vater ihm nicht mehr begegnen. Und David verstand es. Sein seelischer Beistand war mir großer Trost, doch er fehlte mir. Ein um den anderen Tag besuchte ich meinen Vater mit den Kindern, die mit dem bald Sterbenden nichts anzufangen wussten. Sie besuchten einige der anderen Krankenzimmer oder spielten auf dem Flur. Die folgende Zeit ging ich alleine zu ihm.

Um die Jahreswende planten David und ich erstmals einen Besuch mit den Kindern in Jerusalem, zumal Ostern und Pessach in diesem Jahr zusammenfielen. Flugtickets hatte ich sofort bestellt. Die Kinder freuten sich auf den Flug und David auf sie. Sie sollten ihren Opi aus guten Zeiten in Erinnerung behalten. Und so beschlossen wir, dass Martha mit den Kindern runterfliegen sollte. Die Stille hier ermöglichte mir einen inneren Dialog mit meinem Vater und bei meinen täglichen Besuchen konnte ich ganz langsam Abschied nehmen. Oftmals schauten wir uns nur an, fragend, als wartete er auf eine Frage von mir, als wollte er mir etwas sagen. Und ich fürchtete mich, noch etwas zu fragen, hatte Angst vor dem Moment seines Todes. So saß ich an seiner Bettkante, hielt seine Hand und war einfach nur da. Manchmal strich ich ihm über den Kopf, dann neigte er ihn zu meiner

Hand. Mir schien, als habe er in seinem Leben viel Zärtlichkeiten entbehrt.

Am Mittwoch vor Gründonnerstag feierte ein enger Freund in Düsseldorf einen runden Geburtstag, ich war seit Wochen eingeladen. Mein Vater kannte ihn und wusste von dem Fest.

Er war schon sehr schwach und sagte: »Fahr hin, du wirst die Kraft, die du dort bekommst, noch brauchen.« Ich zögerte, denn ich fürchtete sein Ableben genau in dieser Zeit.

Er bestärkte mich. »Tu das.« Ich fuhr, ich feierte, ich tanzte in einem meiner schönsten Kleider, mit offenem langem Haar, ich gestattete mir, vergnügt zu sein und genoss, trotz der lauernden Todesnachricht, den Abend und die Gesellschaft. Morgens mit dem ersten Zug fuhr ich zurück, wurde von einem Freund abgeholt und begab mich sofort in die Klinik. Mein Vater lebte noch, als habe er mit seinem Sterben gewartet. Er merkte mein Kommen und sagte, ohne die Augen wieder zu öffnen, einen kurzen Satz.

Diese Worte waren sein letztes Geschenk an mich.

Dann schwieg er und starb.

Es schien, als sei er weggeatmet worden.

Ich saß neben seinem Bett, eben war noch der Augenblick, wo er noch war. Es gab ihn noch diesseits als Papa. Als Du. »Weißt du noch, Papa ...«

Und jetzt, was heißt das? Wie viel Zeit ist dieses Jetzt? Wo war die Grenze? Der Übergang? Wann ging er? Da liegt er noch – und jetzt, jetzt ist er woanders, dort ... Ich sah es nicht, wie er ging, ich war doch dabei ...

Auf seinem toten Gesicht hatten sich seine Lippen zu einem stillen Lächeln bewegt. So ist er in meiner Erinnerung gegenwärtig.

Es war Gründonnerstag. Eine Stunde blieb ich noch an seinem Bett, betrachtete diesen Kopf mit seinen markanten Zügen, dieses Gesicht, das so viel gesehen und erlebt hatte, sein Leben zog wie ein Film an meinem inneren Auge vorüber.

Wirklich kennengelernt habe ich meinen Vater in den letzten zehn Jahren seines Lebens nach dem Tod meiner Mutter, die unglücklich und gebrochen starb. Da war ich schon hier und er dort auf einem anderen Kontinent. Er besuchte uns regelmäßig zu Ostern, im Sommer, meist zu Weihnachten. Nur vier Wochen blieb er immer, das war genug für ihn und für mich. Es reichte oft, um aneinanderzugeraten, besonders wenn er, der nach dem Tod meiner Mutter mit achtzig zu kochen anfing, sich in der Küche beim Anfertigen von Saucen einmischte und mich belehrte. Dann entbrannte schnell ein Streit, denn wir fanden nicht gleich eine gewährende Form des Umgangs miteinander. In diesen Jahren der ungestörten Auseinandersetzungen lernte ich ihn allmählich kennen. Wir machten Spaziergänge zusammen, früher undenkbar, fanden Wege des Dialogs, auch innere Wege. Viele Tage und Nächte verbrachten wir redend. Und da kamen wir uns näher. Ich lernte ihn mehr und mehr kennen. Ich durfte reinschauen, seine Gefühle erfahren, seine Sorgen, seine Schuldgefühle, seine Ängste, seine Einsamkeit. Er ließ es zu, denn ich war inzwischen in meinem Beruf, er verwitwet und wir beide hatten die Mutter nicht mehr, die immer zwischen uns stand. Wie oft war ich damals froh, dass sie vor ihm gestorben war und uns diese Begegnung ermöglichte. Es waren Zeiten der Nähe und großen Offenheit zwischen uns. Ich konnte ihn alles Mögliche fragen. Heute weiß ich, dass ich längst nicht genug gefragt habe.

Ich verließ das Zimmer.
Seine Worte blieben mir.
Mir war kalt.
Ich konnte weinen.
Nun hatte ich ihn nicht mehr, meinen Vater.

*

Ich rief Tante Ilse und ihren Mann, Onkel Max, in Haifa an, die Tanten Betty und Irma in Los Angeles.

Dann rief ich David in Jerusalem an. »Ich bin sehr bei dir mit meinen Gedanken«, sagte er. Und dann sprach ich mit meinem Sohn und musste sehr weinen: »Mama, weine nicht, du hast doch mich und Miri.« Und dann sagte er: »Heute haben wir eine große hohe Mauer gesehen, warum hat Hamburg keine?« David war mit ihnen in die Altstadt gefahren, wo sie herumspazierten. Als ich mit Miriam sprach, weinte sie auch. Wir verabredeten ihre Rückkehr in zwei Tagen, nach Ende der Feiertage. »Ich komme mit und bleibe eine Woche bei euch. Von dort muss ich wieder nach Amerika zu einer Gastprofessur«, sagte David.

Vorerst war ich froh, in den ersten achtundvierzig Stunden alleine zu sein mit meiner Trauer, die groß war. Trauer über den Verlust dieses Vaters, der mir lange eine große Stütze und in den letzten Jahren ein guter Freund geworden war, Trauer über die Demütigungen und Entrechtung, die ihm in seiner einstigen Heimat zugefügt wurden, seine erzwungene Emigration, ich betrauerte auch die Demütigungen von meiner Mutter, trauerte über seine vielen toten Kinder, meine toten Geschwister. In meine Trauer mischte sich auch Dank über die ererbte »Jüdischkeit« mit ihrer Fülle.

Zwei Tage später kamen die Vier aus der Heiligen Stadt angeflogen.

Wie es mich jetzt wärmte, sie um mich zu fühlen.

Nachts lag ich in Davids Armen, er ließ mich lange weinen. Ich fühlte mich geborgen. Erst gegen Morgen krabbelte ich auf seinen Bauch und konnte nicht mehr von ihm lassen.

»Du weißt, dass ich immer Lust auf dich habe«, sagte er ... Irgendwann schliefen wir ein, es war schon hell.

Die Beerdigung war erst zehn Tage später auf den 4. April angesetzt. Über Ostern waren viele Menschen gestorben, die »Warteliste« lang. Dieser Tag war der Hochzeitstag meiner Eltern, so wurden sie an diesem Tag auch im Tod vereint.

Bevor er starb, bat mein Vater lediglich um eine jüdische Beerdigung, einen schlichten Sarg und keine Blumen. Die jüdische Gemeinde in Hamburg weigerte sich, in den christlichen Teil des Friedhofes, wo das Doppelgrab der Eltern lag, einen Rabbi zu schicken. Außerdem war mein Vater nicht Mitglied der hiesigen Gemeinde. Mit Hilfe von Freunden in Paris und London erwogen wir einen liberalen Rabbiner einzufliegen, es gab Terminschwierigkeiten. Die flotte Rabbinerin Naomi aus Tel Aviv kannte ich zu der Zeit noch nicht. So beschloss Jona erneut aus Tel Aviv zu kommen, um das Kaddisch-Gebet am Grab des Freundes zu sprechen. David selber konnte nur bis Ende der ersten Woche bleiben, er hatte seinen Vorlesungsbeginn an der Yale University bereits um drei Tage verschoben und kannte den Toten auch ohnehin nicht. Hier an meiner Seite wäre dann Jona. Nun suchte ich eine Menora für die Trauerfeier auf dem Friedhof und fand eine im Hinterhof eines Antiquitätenhändlers, im Staub liegend. Ich nahm sie mit, gemäß ihrer Bestimmung: auferstanden, um zu leuchten!

Es war dieselbe Kapelle, in der auch meine Mutter zehn Jahre zuvor verabschiedet worden war. Das Kreuz haben wir von der Wand abgehängt. Das Versprechen, keine Blumen, ließ sich nicht ganz einhalten. Auf dem schlichten Eichensarg lag ein kleiner Strauß blau-weißer Blumen. Auf der blauen Schleife war zu lesen: »Unserem Opi«. Daneben die in Silber gefasste Bibel meines Vaters, darauf seine Kippa und ein Olivenzweig, den Jona seinem toten Freund aus seinem Garten im Heiligen Land zur Beerdigung mitgebracht hatte. Später kam der Zweig zu meinem Vater ins Grab. Vielleicht wächst einmal ein Olivenbaum auf dem Ohlsdorfer Friedhof ...

Es kamen auch noch einige Blumen mehr. Sehr bewegt war

ich über einen Kranz, an dem eine blau-weiße Schleife hing mit der Aufschrift: »Von deinen Freunden aus der Jüdischen Brigade, 1944–1946«.

Jona brachte einen Brief, den ihm ein Mitbrigadist vor dem Abflug mit der Bitte gegeben hatte, diesen bei der Trauerfeier vorzulesen:

»An den toten Freund

Lieber Wolff-Joachim,

als ich von Ihnen in Israel im Februar Abschied nahm, versprachen Sie mir, zu Pessach wiederzukommen, um sich wieder an der schönen Sonne und dem Meer in Tel Aviv zu erfreuen. Leider ist Ihnen diese Freude nicht mehr vergönnt gewesen und der liebe Gott hat Sie zu sich genommen.

Sie werden für mich ewig eine sonnige Ecke in meinem Herzen haben.

Im Jahre 1938 trat ich bei Ihnen als Lehrling ein. Als strenger Chef habe ich Ihnen vieles zu verdanken. Im Jahre 1942 meldeten wir uns beide zum englischen Militär als Freiwillige, um Hitler zu bekämpfen. Ich kam zur englischen Flotte der *Royal Navy* und Sie zum *Royal Army Service Corps*.

Wir kamen mit vielen Erfahrungen 1946 gesund nach Hause, aber der Kampf bis zur Gründung des Staates Israel ging im Untergrund weiter.

Viele Jahre waren wir Nachbarn im schönen Ramat-Chen und für mich war es immer eine besondere Freude, Sie in meinem Büro zu begrüßen und sich als gute alte Freunde zu unterhalten.

Die Stunde hat leider geschlagen und zum Abschied kann ich aus der Ferne nur eines wünschen: Schlafe wohl neben Deiner geliebten Gattin s. A. bis in die Ewigkeit und möge der liebe Gott Dir gütig sein.

SHALOM!

Gustav Liebknecht.«

Am offenen Grab sprach Jona den Kaddisch.

Noch am Grab erinnerte ich Heines Gedicht »Wo?« »... unter Palmen in dem Süden? Unter Linden an dem Rhein? ...«

Hier ruht der einst »Wandermüde« neben Helene, unter einem roten schwedischen Granitfindling, der zwischen zwei hohen Pinien steht, die einst in ihrem Garten im Orient wuchsen.

*

Die Todesanzeige für meinen Vater habe ich in drei Tageszeitungen in Israel setzen lassen: In die hebräische *Ha'aretz,* in die deutsche *Jedioth Chadaschot* und in die englische *Jerusalem Post*. Neben einigen Anrufen und Telegrammen kam in den folgenden Wochen eine Flut von Post aus verschiedenen Kontinenten, die erst nach einigen Monaten abebbte. Viele der Schreiber kannte ich nicht und erfuhr Interessantes, Neues über das Leben meines Vaters. Teils kannten sie ihn aus Studienjahren, einer vom Schiff während der Emigration, viele waren Freunde aus Israel; teils waren sie Lehrlinge bei ihm in den verschiedenen Institutionen, die er aufbaute. Viele der Schreiber waren inzwischen in leitenden Positionen, so ein Bankdirektor aus Wien, der mich samt Familie zu sich in das Waldviertel einlud, oder andere inzwischen in New York oder anderswo. Er sei »ein sehr strenger Chef gewesen, bei dem ich viel gelernt habe«, schrieben manche. Ja, streng habe ich ihn auch erlebt und dabei fiel mir ein, wie er manchmal versuchte, mit mir Mathematikhausaufgaben zu machen und wir in kürzester Zeit in Streit gerieten, weil er bezüglich der Mathematikregeln und neuen Lehrmethoden anderer Meinung war.

Einige verwiesen auf seine Hilfsbereitschaft in den Zeiten ihrer Not, einer betonte, »obwohl sich viele damals von mir abwandten, hat er immer loyal zu mir gestanden.« Eine alte Dame schrieb über sein Temperament bei den Bridgeabenden:

»Plötzlich, unmotiviert, schrie er auf, wie vom Donner getroffen, erstaunlicherweise hatte er immer recht.«

Ein anderer schrieb:

»Mich haben seine Ideen und rettenden Einfälle, die auch ganz einfach sein konnten, immer erstaunt. So hat die britische Mandatsregierung 1948 vor der Einführung der israelischen Währung seinen Rat benötigt, wie das ›Palestine Pound‹ sicher zurück zur Bank von England nach London gebracht werden könnte. Israel war im Kriegszustand mit sieben arabischen Nachbarn. Das Geld in einem Flugzeug zu transportieren war gefährlich. Ihr Vater schlug vor, die Scheine durchzuschneiden: Sollte die eine Maschine abgeschossen werden, könnte die zweite Hälfte als Forderung an die Bank gestellt werden ...«

Die meisten Schreiber waren mir nicht bekannt, ich freute mich immer, von weiteren Ereignissen und gemeinsamen Erlebnissen aus dem Leben meines Vaters zu erfahren.

Unter anderem kam ein Brief in einer sehr krakligen Handschrift, bei dem ich mich wunderte, dass er überhaupt ankam; ich dachte, sicher wieder ein Brief von einer Bridgefreundin. Dann las ich:

»Liebe Frau Henrietta oder Henny, wie Sie Ihr lieber Vater nannte.

Bitte entschuldigen Sie meine schreckliche Handschrift. Ich bin schon sehr alt und habe mir vor einer Woche meine rechte Hand gebrochen. Ich schreibe Ihnen mit links.

Gestern las ich in der *Jedioth Chadaschot* über das Ableben Ihres Vaters. Ich war sehr traurig und ich hoffe, dass er nicht leiden musste.

Ich kannte Ihren lieben Vater nicht nur aus Israel, sondern schon seit unserer Kindheit aus Labes in Pommern. Wir haben als Kinder oft zusammen gespielt und sind gemeinsam in der Rega geschwommen. Als er in Würzburg studierte, besuchte ich ihn an Wochenenden. Ich kam aus Heidelberg, wo ich studierte. Er zeigte mir Würzburg und Umgebung und am nächsten Tag musste ich vom Balkon herunterklettern, an der Regenrinne entlang, weil er sich vor seiner Wirtin fürchtete. Nach seinem Studium habe ich ihn einige Male in Berlin besucht, ehe ich ausgewandert bin. Ich lebe schon sehr lange im Land, habe vier erwachsene Kinder, sechzehn Enkel und demnächst erwarte ich meinen sechsten Urenkel. Ich war über fünfzig Jahre Krankenschwester im Kibbuz Degania und noch heute helfe ich mit Rat und Tat. Aber das interessiert Sie sicherlich nicht, liebe Henny.

Wenn Sie das nächste Mal in Israel sind, bitte, bitte besuchen Sie mich doch. Ich wünsche Ihnen alles Gute und werde Ihren lieben Vater stets in Erinnerung behalten.

Ganz herzlichst Ihre

Lilly M.«

Ich war erstaunt und überrascht über diese Willenskraft und die Mühe, die sich diese alte Dame machte, mit der linken Hand zu schreiben, nicht einmal jemanden zu bitten, ein paar Worte für sie zu notieren. Nach einiger Zeit antwortete ich ihr, schilderte ihr seine letzten Wochen, beschrieb ein wenig die Trauerfeier. Und prompt antwortete sie – wieder mit dieser schwer lesbaren Handschrift.

»Liebe Frau Henny,

ich danke Ihnen für Ihren Brief und habe mich sehr gefreut zu lesen, dass Ihr lieber Herr Vater nicht leiden musste. Ich denke an ihn in diesen letzten Wochen, wie hingebungsvoll er Ihre liebe Frau Mutter, die ich auch kannte, in den letzten Jahren gepflegt hat. Früher habe ich Ihre Eltern manchmal gesehen, sie hatten ein schweres Leben.

Mein Mann ist schon viele Jahre tot. Ich lebe alleine, helfe manchmal noch in der *Marpea* und erfreue mich an meinen vielen Enkeln und Urenkelkindern. Nach dem Tod Ihrer lieben Frau Mutter habe ich mit Ihrem Vater manchmal gesprochen und er hat mir gern von Ihnen erzählt.«

Nochmals schloss sie ihren Brief: »Ich wünsche Ihnen und Ihrer Familie alles Gute und wenn Sie das nächste Mal nach Israel kommen, bitte, bitte besuchen Sie mich.

Ihre Lilly M.«

Als die Briefflut abebbte, bündelte ich die Briefe und legte das Päckchen in das Regal ins ›Opi-Zimmer‹.

Schmerzlicher als der Verlust durch den Tod
Ist der Verlust durch das Leben.
HEINRICH HEINE

Das Leben ging weiter: Kindergarten, Praxis, Treffen mit Freunden, Einladungen, Theaterbesuche und Arbeitsgruppen. Die Realität hatte mich wieder, zurück aus der Trauer. Kraft schöpfte ich vor allem aus der Beziehung zu David. Er hatte seinen Vorlesungsalltag und berichtete über das Campusleben an der Yale University und von den Kollegen, die er teilweise kannte. Zum Sommer erwogen wir ein Treffen in Amerika oder in Israel. Wir schrieben auch gerne Briefe.

In einem der ersten Briefe nach dem Tod meines Vaters schrieb David:

»Du sollst wissen, dass ich in diesen Wochen mit meinen Gedanken und Gefühlen an Deiner Seite stehe und aus der Ferne versuche, Dich zu stützen. Ich erlebe Deinen Schmerz nach dem Tod Deines Vaters und manchmal beneide ich Dich um ihn, denn er ist Ausdruck für den Verlust eines Menschen, zu dem Du eine enge Beziehung hattest. Mein Vater ist schon viele Jahre tot, ich habe ihn nicht beweinen können, denn unsere Beziehung, wenn man sie so nennen kann, war eine sehr entfernte – entfernte Bekannte, könnte man sagen, waren wir. Ich habe wenig von ihm im Leben gehabt und kaum Erinnerungen an Gemeinsamkeiten geschweige denn Gespräche.

Wenn ich Deinen Vater auch nicht mehr kennengelernt habe, so vermittelst Du mir nicht nur in Deinen Gedanken und durch die Inhalte Deines Sprechens, mit Deiner gesamten Art zu sein, vor allem aber in Deiner Liebe zu mir, ein Stück von diesem Menschen. So kommt ein Stück dieses Vaters auch bei mir innerlich an und dafür danke ich Dir.«

So lebt er weiter, in meinem Herzen und in den Köpfen der mir nahe stehenden Menschen, mein Vater.

Eines Tages fiel mir wieder der spartanische König Leonidas ein, von dessen Kampfentschlossenheit mein Vater mir einst in einer schweren Stunde in Französisch aufschrieb: »›*Tant mieux*‹, *dit Leonidas*, ›*nous combattrons à l'ombre!*‹«

Ich suchte in meinen Geschichtsbüchern und fand: »Leonidas kämpfte mit nur dreihundert Mann gegen die zahlenmäßig überlegenen Perser am Termopylenpass und verteidigte ihn. Er hatte hohe Verluste.«

Wie sehr doch dieser Spruch zur Lebensführung meines Vater passte. Ich war betroffen, vor allem über das hohe Maß an Verlusten, die es in seinem Leben gab, die vier toten Kinder, viel verlorenes Leben, viele verlorene Liebesmöglichkeiten. Er hatte es schwer in seinem Leben, vor allem durch Fremdbestimmungen. Wirklich er selbst wurde er erst in seinen letzten Lebensjahren. Da gab er viel und schöpfte aus dem Vollen.

Die väterliche Kampfentschlossenheit, auf die er mich durch Leonidas hinwies, betraf vor allem seine Ideen, seine Gemeinschaft, sein Volk, nicht aber seine persönlichen Bedürfnisse. Erst spät, in den letzten Jahren, gelang es ihm, aus seiner Opferrolle auszusteigen und er selbst zu sein. Diese Erkenntnisse halfen mir, den vererbten Mantel des Schweigens der vorigen Generation abzulegen und mit ihm die dazu gehörende Opferrolle.

✶

Dann kam der Sommer. David und ich einigten uns auf ein Treffen in Israel, wo ich mich um die Wohnung und den Nachlass meines Vaters kümmern musste. Die Kinder wollten mit ihrer Patentante vier Wochen in einem Feriendorf im Schwarzwald verbringen und waren weggefahren. Ich bereitete meine Abreise vor. Am letzten Abend, alles gepackt, telefonierte ich mit meiner Freundin Rebecca. Sie erzählte von ihren Ferienplänen, von ihren Söhnen und ihrer Diplomarbeit. Sie erkundigte sich nach der Dauer meiner Reise und meinen Plänen in Israel und beiläufig fragte sie:

»Willst du sie besuchen, die alte Dame?«

»Wen meinst du?«

»Die alte Dame mit der zittrigen Handschrift, die damals schrieb mit der Bitte, sie zu besuchen.«

»Ach, du meinst die, die mit links geschrieben hat, Lilly?«

»Ja, genau. Willst du hinfahren?«

»Das hab ich mir eigentlich nicht vorgenommen, ich hab Diverses dort zu tun, bevor David kommt.«

»Schade«, bemerkte Rebecca.

Der Koffer war zu, ich war bereits im Bett und ihre Frage beschäftigte mich. Ich stand wieder auf und kramte im ›Opi-Zimmer‹ im Regal nach den Kondolenzbriefen. Dann notierte ich mir die Adresse jener Lilly.

Am nächsten Tag flog ich nach Israel, eine Woche vor David und besuchte einen Tag später meine liebe alte Kinderfrau Nechamia im Altersheim, meine liebe schwarze ›Ami‹. Wir lagen uns lange in den Armen, den Duft der Anderen nach langer Zeit wieder einatmend. Für einen Augenblick hielt in diesem Flur das Leben inne: Die Putzfrau lehnte sich an ihren Besen, den sie fest umklammerte, und schaute uns zu, ebenso die Krankenschwester mit dem Pillentablett und manche Alte. Wie auf der Bühne, wo für Sekunden die Darsteller in ihrer Bewegung verharren.

Und dann sprach sie, laut, bewegt: »Meine Tochta!«

Den Menschen, die sich wieder bewegten, rief sie zu: »Komm, schau sie dir an *meine* Ärztin. Die habe ich immer gewindelt.«

Jedem beschrieb sie mit ihren Armen, wie klein ich war, und schaukelte dabei von einer Seite zur anderen.

Langsam kamen weitere Mitbewohner hinzu: ›Ami‹ wurde

schneller in ihrer Freude und immer größer. »Eine wirkliche Ärztin, und ich, ich habe sie damals immer gewindelt, nur ich!« Ich wurde immer kleiner, für sie, und sah die neugierigen Gesichter. Sie war so klein geworden, für mich aber war sie groß ... meine jüdische Zweitmutter!

Innerlich war ich sehr bewegt.

Sie hatte mir mit ihren müden Händen in den letzten Wochen liebevoll ein Kissen bestickt. Diese Hände, die mir in meiner Kindheit so viel Zuwendung gaben. Hände, die mit ihrer Kraft und Liebe Öl in meine Haut einmassierten. Wie gerne roch ich ihre jemenitischen Düfte. Jetzt noch roch ihre Haut danach. Ich wiegte mich in wohltuenden Erinnerungen.

Abends sprach ich mit David, dem ich von diesen Düften abzugeben versuchte. Unsere Sehnsucht nacheinander war groß. Seit März die längste Abstinenzperiode – im Sommer ist die Sehnsucht schneller. Am Ende gab er mir seine Ankunftszeit durch. Noch fünf Tage ... Das erste Mal, dass ich ihn in Israel abholen würde.

Mit der Regelung des Nachlasses war ich schneller als erwartet fertig geworden, vieles verschenkte ich, einiges ließ ich für den Nachmieter zurück. Also blieb noch Zeit – Lilly!

Donnerstagmorgen rief ich sie an. Sie war über meinen Anruf sehr überrascht, freute sich und meinte: »Kommen Sie gleich heute.«

Eine Stunde später fuhr ich zu ihr. Es war sehr heiß und beschwerlich auf dem Weg in den Kibbuz im Norden des Landes.

Ich war neugierig auf die alte Dame und sehr gespannt, ob ich von ihr vielleicht einiges über das Elternhaus oder die Kindheit meines Vaters erfahren würde. Ich freute mich auf sie.

Als ich endlich nach vier anstrengenden Stunden im Altenheim ankam, es war früher Nachmittag, wartete sie bereits auf mich und eilte mir im Empfang entgegen. Eine große alte Dame, ihr volles weißes Haar lag als Zopf geflochten wie ein Kranz um ihr immer noch interessantes Gesicht. Auffallend waren ihre schönen dunklen Augen.

»Wie ich mich freue, dass Sie gekommen sind«, sagte sie. Sie führte mich stolz durch das Altenheim, ›*Beith Awoth*‹ genannt.

Dann sagte sie: »Kommen Sie, wir gehen in mein Zimmer, da habe ich etwas Kuchen.« Sie ging vor mir den Flur entlang, etwas beschwerlich. So hatte ich Zeit, die Namen an den Türschildern auf dem langen Flur zu studieren. *Rosenheim, Danziger, Ettlinger, Silberstein, Rabbinowitsch, Liebermann* und so weiter. Fast alles deutsche Namen, viele Emigrantenschicksale.

Dann kamen wir auf ihr Zimmer. Ein kleines Zimmer, in dem alles untergebracht war, was einem Menschen in einem langen Leben wichtig war. Es war sehr eng und voll. Sie setzte sich auf ihr Schlafsofa.

Hinter ihr hing ein Gemälde. »Das war ich, als ich gerade in das Land eingewandert bin. Das hat ein Maler aus dem Nachbardorf gemacht.«

›Wie schön sie damals war‹, dachte ich.

Auf einer Kommode und darüber an der Wand waren Familienbilder zu sehen. In einer Ecke summte leise ein Ventilator.

»Kommen Sie, essen Sie«, sagte sie. »Es ist aus der hiesigen Bäckerei. Eine Käsetorte. Die gab es auch manchmal bei Ihren Eltern.«

Ich erzählte, wie sehr mich ihre Briefe gefreut hatten und wie ich es bewunderte, dass sie sich die Mühe mit der linken Hand gemacht hatte. »So einfach ist das doch gar nicht«, meinte ich.

»Ach wissen Sie, wo ein Wille ist ..., jedenfalls freue ich mich, dass Sie hier sind.«

Dann fragte sie noch nach den letzten Wochen mit meinem Vater. Ich konnte ihr ausführlich seinen letzten Monat schildern. Sie fragte, wie ich mich jetzt hier bei dieser Hitze fühle, fragte nach meiner Familie und nach meiner Arbeit. Zwischendurch klopfte es an der Tür und eine Nachbarin fragte auf Deutsch nach dem Abendessen. Da leben die Menschen über fünfzig Jahre in diesem Land und in dieser Gemeinschaft und sprechen immer noch ihre Muttersprache, dachte ich.

Dann sagte sie: »Ich wollte Sie gerne kennenlernen, auch weil Ihr Vater viel von Ihnen erzählt hat.«

Das war mir etwas peinlich. Nach einer Weile setzte sie fort: »Sie sind doch Psychiaterin und ich würde Ihnen gern etwas anvertrauen.«

Ich war gespannt: was wohl?

»Kurz vor meiner Auswanderung aus Deutschland habe ich Ihren lieben Vater in Berlin noch einmal besucht. Ich habe ihn von klein auf sehr gemocht und, Ihnen kann ich es ja sagen, hätte ihn auch gerne geheiratet. Ich blieb einige Tage in Berlin. Ihr Vater hatte eine enge Beziehung zu seiner Mutter und zu seinen jüngeren Schwestern. Ich wollte so gern damals mit ihm nach Eretz-Israel auswandern, denn wir waren beide in der zionistischen Bewegung aktiv, meine Geschwister waren auch schon dort. Ihr Vater war beruflich in Berlin, vor allem aber in seiner Verpflichtung den Geschwistern und der Mutter gegenüber gebunden ...« Ich erinnerte mich, dass meine Mutter auch darüber gesprochen hatte »... und wollte zu dem Zeitpunkt Deutschland nicht verlassen. Ich reiste damals traurig ab, zurück nach Labes, und stellte bald fest, dass ich schwanger war.«

Ich hielt den Atem an ... ein Kind?

Sie aber bemerkte nichts und sprach weiter, als müsse sie sich beeilen. »Ich heiratete kurz darauf einen Freund aus dem Nachbardorf, Trestor an der Rega, mit dem ich sehr bald in dieses Land ausgewandert bin.«

Ich blickte sie an, als wollte ich sagen: »Halt, Moment, ich verstehe nicht«, blieb aber stumm. Eine ohnmächtige Wut beschlich mich.

Sie aber sprach weiter: »Mein Sohn ist dann hier im Land geboren. Ich habe ihm unter anderem den Namen ›*Zeev*‹ gegeben, das heißt auf Hebräisch ›Wolf‹, wie der Name Ihres Vaters, gerufen wird er mit seinem zweiten Namen: Nathan. Dann bekam ich noch einen Sohn und zwei Töchter.«

›Wie?‹, dachte ich, ›ein Bruder? Ich habe einen Bruder, von dem ich bis soeben nichts wusste, all die Jahre, und du, mein Vater, hast einen Sohn? Von dem du dein Leben lang nichts wusstest?! Du bist nie der Vater eines Sohnes geworden! Unglaublich ... unfassbar! Und diese Frau hier – als Einzige wusste sie es über all die Jahre und schwieg ... Hätte ich sie nicht besucht ...

Sollte ich mich freuen? Mein Entsetzen war größer, vielmehr mein Schrecken.

Und du, mein Vater – nie nachgefragt – damals? Schließlich hat manches Folgen!

Was hast du dir genommen?!

Was hat sie diesem Sohn genommen?

Ihm genommen? Mir genommen?

Um einen Menschen gebracht!

Wie viel versäumtes Leben!

Wie viel versäumte Liebe!‹

Es war ihr wichtig, noch weiterzureden, sie bemerkte meine Verwirrung nicht.

Ich konnte nicht mehr zuhören, gab mir aber einen Ruck und dachte innerlich an Leonidas. Ich holte tief Luft und fragte sie: »Hat mein Vater davon nie erfahren?!«

»Ich glaube nicht«, antwortete sie.

Innerlich zitterte ich immer noch, gab aber meiner Stimme ihren professionellen Ton: »Haben Sie es ihm nicht gesagt – damals?«

»Nein, Ihr Vater war eng mit seiner Familie in Berlin verbunden. Ich fühlte mich nicht stark genug, dieser Familie gegenüber.«

Da fiel mir meine Mutter ein, die mir manchmal über ähnliche schmerzliche Erfahrungen und Ängste berichtete.

»Ich fürchtete mich vor denen.«

Ich versuchte, den schmerzenden, wütenden Ton in meiner Stimme zu dämpfen. »Warum denn nicht, wovor haben Sie sich gefürchtet?!«

»Sie hätten mich unter Druck setzen können, ich wollte so gern ein Kind mit ihm, und so heiratete ich kurz darauf einen Anderen, mit dem ich bald ausgewandert bin.«

»Haben Sie es ihm auch später nie erzählt?«

»Nein!«, antwortete sie.

Und wieder fragte ich: »Warum nicht?«

»Ich habe Ihre Frau Mama kennengelernt, von den vielen schrecklichen Totgeburten gehört. Ich wollte ihre Ehe mit dieser Nachricht nicht stören.«

»Und später, als meine Mutter tot war?«

»Ich habe Ihren Vater in den letzten Jahren nicht mehr gesehen, nur gesprochen. Er war die meiste Zeit bei Ihnen in Deutschland.«

Ich schaute sie tief betroffen mit fragenden Augen an.

»Keiner hat es je erfahren«, fügte sie hinzu und ihre Stimme zitterte. »Ich bin froh, es Ihnen noch vor meinem Tod endlich gesagt zu haben.«

Ich rang nach Luft, als sie mich fragte: »Ist Ihnen nicht wohl?«

»Es ist nur die Hitze«, sagte ich.

Irgendwo regte sich in mir auch eine Ahnung von Freude.

Ich wollte wissen, warum sie meinen Vater geliebt hat ...

»Uns verband vieles seit frühester Kindheit: die Geschichte, das Land, die Landschaft, die Menschen, unser Dorf, später politische Ideen, Sehnsüchte. Außerdem war Ihr Vater ein klar denkender, männlicher Mann und dann dieses entwaffnende

Lächeln … Das war vor dem Krieg. Später habe ich, wenn wir uns sahen, ihn nie wieder lächeln gesehen. Ich behielt dieses Lächeln für mich, die ganzen Jahre in mir und holte es hervor in manchen Stunden.«

Ich war bewegt und berührt.

Jetzt war dieses Lächeln hier zwischen uns.

Es verging eine Weile, wir schauten uns wortlos an. Mein Blick schweifte nochmals auf das Gemälde. Jetzt erschloss sich mir ihre Schönheit auf dem Bild, die Schönheit einer schwangeren Frau.

Ich holte mich in den Raum zurück und versuchte mich zu halten. Dann fragte und fragte ich. Sie zeigte mir Fotos, eines durfte ich mitnehmen.

›Diese Augen kenne ich doch, die warmen Augen meines Vaters!‹

Dann stand sie auf und holte aus einer Schublade unterhalb der Fotos eine kleine Schatulle hervor. Ein stumpf gewordenes altes Holzkästchen, an dem nur noch die eingelegten Perlmuttverzierungen glänzten wie zu besseren Zeiten. Sie entnahm ihm ein mehrfach gefaltetes Blatt. Die Handschrift meines Vaters! Ein Brief an sie – in einer Stunde innerer Not geschrieben: » … wie wäre wohl ein Leben mit Dir verlaufen?«, hatte er geschrieben. Ich las nicht weiter.

Sie nahm meine Hände und hielt sie in ihren: »Ich danke ihnen, dass Sie gekommen sind. Danke! Todah rabah!« Ich spürte ihre warmen Hände, gezeichnet von Leben und Arbeit, faltig und voller Kraft. Gelebte Hände.

Irgendwann stand ich auf und umarmte sie. »Danke, Lilly, dass Sie mir alles gesagt haben.« Ich spürte, wie ihr Körper zitterte.

Später am Ausgang drückte ich sie ein weiteres Mal und sagte zum Abschied: »Shalom!«

Wie ich danach nach Tel Aviv zurückgekommen bin, weiß ich nicht mehr.

✶

Wieder in der Wohnung, es war sehr spät, in meinem Kopf stürmte es. Erst unter der Dusche konnte ich endlich weinen vor Erschöpfung und Erregung und wünschte mir David in meine Nähe, um mit ihm hier, jetzt, das mir Anvertraute zu teilen. Das Wasser lief an mir herunter, Minuten vergingen ...

Später telefonierten wir lange.

»Ich werde dir bei der Suche helfen«, versicherte er mir. Es kamen mir auch Zweifel: Habe ich das Recht, in ein fremdes Leben mit einer neuen Wahrheit einzubrechen? Was hat es für Folgen? »Ja«, meinte David entschieden, *»bewadai«* – gewiss! Dann zögerte er ...

Lange lag ich wach, phantasierte mir eine mögliche Begegnung. Dann fühlte ich mit dem Wort »Bruder«, mein Bruder!

Ein neuer Begriff in meinem Wortschatz – bislang ungelebte emotionale Erfahrung ...

Als ich endlich einschlief, hatte ich einen Traum:

Wir fahren auf einer Straße an einem felsigen Hügel entlang. Es ist gegen Abend. Oben auf dem Berg Ruinen einer alten majestätischen Stadt: hohe leere Häuser und Fassaden. ›Kommt mir bekannt vor‹, denke ich im Traum, ›habe ich schon mal gesehen ...‹

›Ist die Stadt verlassen worden? Ausgebrannt? Da muss mal eine hohe Kultur geherrscht haben‹, denke ich.

›Wie lange ist das her?

Wo sind die Menschen geblieben?‹

In den Ruinen erkenne ich ein Licht ...

Ich erwachte, setzte mich im Bett auf und wusste: Ich

werde ihn suchen, meinen jüdischen Bruder, benennen den Sohn meines Vaters.

Und du, Papa, lebst nicht mehr.

Wenige Tage später entnahm ich einer Todesanzeige in der israelischen Tageszeitung Haaretz: Lilly ist eine Woche nach meinem Besuch gestorben.

Glossar

(*hebr.:* hebräisch, *jidd.:* jiddisch, *frz.:* französisch, pl.: Plural, Adj.: Adjektiv)

Asoziale	Während der nationalsozialistischen Diktatur wurden Menschen, die nicht dem Ideal der »Volksgemeinschaft« entsprachen als *asozial* diffamiert, verfolgt und in KZs gesperrt.
Assuta	Name eines bekannten Krankenhauses in Tel Aviv.
Bar Mizwa	*hebr.,* »Sohn des (Gottes-) Gebotes«, Fest anlässlich des Erreichens der Religionsmündigkeit bei Jungen (bei Mädchen – Bat Mizwa) mit 13 Jahren, der Junge wird zum ersten Mal in der Synagoge zum Lesen der → *Thora* aufgerufen und dadurch ein vollwertiges Mitglied der Synagogengemeinde.
Challa	zum einem Zopf geflochtenes, oft süßliches Weißbrot, das am → *Shabbat* und zu Festtagen bei Beginn des Mahles gesegnet und vom Vater in Stücken abgebrochen und mit etwas Salz verteilt wird.
Chanukka	Tempelweihefest, achttägiges Lichterfest zur Erinnerung an die Wiedereinweihung des Tempels 164 v. d. Z. und an das »Ölwunder«; das geweihte Lampenöl reichte nur noch für einen Tag, die Lampe brannte aber 8 Tage.
Chuppa	Hochzeitsbaldachin, nach alter Tradition wird geheiratet, indem die Braut von beiden Müttern, der Bräutigam von beiden Vätern unter die Chuppa geführt wird, nach Erhalt der Ringe zertritt der Bräutigam ein Glas, im Gedenken an die Zerstörung des Tempels.
Eretz Israel	zionistische Zielvorstellung, das Land Israel, die (moderne) jüdische Heimstätte, die in Palästina etabliert werden sollte.

Etzel-Organisation — In den 1940er Jahren entstandene militante Abspaltung von der → *Haganah*.

Folie à deux — *frz.*, psychiatr. Fachbegriff für einen Wahn, der auf zwei oder mehrere Personen (*... à trois, ... en masse*) überspringen kann.

»Gastest« — für Soldaten der britischen Armee, der Sitz und die Dichtigkeit der Gasmaske wurden in einem Zelt mit ungiftigem Gas getestet.

Hagana — bewaffnete Untergrundverteidigungskraft vor der Staatsgründung Israels, gegründet 1920 aus der Arbeitergewerkschaft *Histadrut*, von der britischen Mandatsregierung als illegal betrachtet, Keimzelle der israelischen Armee.

Hatikva — *hebr.*, »die Hoffnung«, Lied, später israelische Nationalhymne.

Jekke — *jidd.*, spöttisch-liebevolle Bezeichnung für Einwanderer aus Deutschland, pl. Jekkes, Adj.: jekkisch.

Kaddisch — *hebr.*, »Heiligung«, das Kaddisch-Gebet wird von einem männlichen Verwandten als Lobpreisung Gottes für den Seelenfrieden des Verstorbenen gesprochen.

Kartell Jüdischer Verbindungen, KJV — 1914 durch den Zusammenschluss zweier zionistischer Verbände entstandene Dachorganisation verschiedener zionistischer Organisationen, unter anderem auch der jüdischen Studentenverbindung.

Kippa — im heutigen Sprachgebrauch jüdische Kopfbedeckung, *jidd.:* »Kappel«, »Jarmulka«, die Kopfbedeckung ist zwar die bekannteste jüdische Sitte, aber zugleich das einzige Gebetssymbol, das sich nicht auf ein biblisches oder talmudisches Gebot gründet.

Klezmer	traditionelle Musik der jiddischen Kultur des osteuropäischen Judentums.
kosher	Speisen, die den auf religiösen Geboten basierenden Vorschriften entsprechend zubereitet sind.
Lechi-Organisation	In den 1940er Jahren entstandene militante Abspaltung von der → *Haganah.*
leila leila	*hebr.*, »Nacht für Nacht«.
Leonidas	→ *Tant mieux...*
Libanon-Krieg	5. Juni 1982: Beginn der Israelischen Invasion im Libanon gegen die PLO.
Mah-Nischtana	am → Sederabend stellt der jüngste Sohn die Fragen *Mah nischtana, hebr.*, »Was ist verändert?«, um die *Haggadah* (→ Pessach) erzählt zu bekommen.
Marpea	*hebr.*, »Ambulanz«.
Matze	*hebr.*, ungesäuertes Brot, das traditionell an → Pessach gereicht wird, pl.: Mazott.
Melamed	Lehrer in der jüdischen Elementarschule.
Menora	siebenarmiger Leuchter, Symbol der jüdischen Religion, erinnert an den goldenen Leuchter im Jerusalemer Tempel.
Minhag	*hebr.*, »Sitte«.
Mischpoche	*jidd.*, »Familie«, *hebr.: Mischpacha.*
Münzentrepreneur	Münzpräger, Unternehmer.
Nathan	*hebr.*, »er gab«
PAL	Abkürzung für Palästina.
Pessach	*hebr.*, »Vermeidung«, ursprünglich Fest zu Beginn der Ernte, später siebentägiges Fest zum Gedenken an die Befreiung aus der ägyptischen Sklaverei, am ersten Abend, dem → *Sederabend*, findet ein Familienmahl statt, an dem die *Haggadah*, die Erzählung über den Auszug aus Ägypten, vorgelesen wird.

Rahel-Zeit	benannt nach Rahel von Varnhagen, Blütezeit der Berliner literarischen Salons in der Zeit von 1780 bis 1806.
Regression	psychoanalytischer Fachbegriff: Rückfall auf frühere bereits überwundene Entwicklungsstadien.
s. A.	»seligen Angedenkens«, Formel auf deutsch-jüdischen Grabstätten.
Sabre / Sabarit	→ Zabar.
Schabbes	*jidd.*, → Shabbat.
Schabbes-Leuchter	→ Menora.
Schawuot	»Wochenfest«, ursprünglich Feier zum Ende der Ernte, 7 Wochen nach → Pessach, Erinnerung an die Offenbarung der 10 Gebote.
Schiwe-Sitzen	*jidd.*, Trauerritual, die ersten 7 Trauertage werden sitzend verbracht, abgeleitet vom *hebr. Schewa:* »sieben«.
Schreber	Dr. Daniel Gottlieb Moritz Schreber, Leipzig 1808–1861, Pädagoge und Orthopäde, Erfinder der Schrebergärten und diverser orthopädischer Geräte zur körperlichen Ertüchtigung und Züchtigung, auch für seine eigenen Kinder.
Schuk	*arabische* Bezeichnung für einen Markt oder Basar.
Schutzjude	Rechtlicher Begriff von absolutistischen Herrschern in der frühen Neuzeit: Gegen Bezahlung wurde ein Jude unter besonderen Schutz gestellt, meist mit weiteren Privilegien verbunden.
Sechstagekrieg	5. bis 10. Juni 1967 gegen Ägypten, Jordanien und Syrien.
Sederabend	der erste Abend von → Pessach.
Shabbat	7. Tag der Woche, von Gott geschenkter Ruhetag, der im Kreis der Familie begangen wird, Samstag.
Shalom	*hebr.*, »Frieden«, Begrüßungs- und Abschiedsformel.

Simchat Thora — *hebr. Simcha:* »Freude«, Dankesfest für den Erhalt der → Thora.

Sinai-Krieg — 29. Oktober bis 5.November 1956.

Streymel — aus dem Fell von Fuchsschwänzen gefertigte traditionelle Kopfbedeckung orthodoxer Juden, ursprünglich der Mode polnischer Adliger des 17. Jahrhunderts nachempfunden.

Tant mieux, dit Leonidas, nous combattrons à l'ombre — *frz.*, »Das macht nichts, sagte Leonidas, dann kämpfen wir im Dunklen weiter«, Leonidas, spartanischer Feldherr am Termophylen-Pass, 480 v.d.Z.

Todah rabah — *hebr.*, »Vielen Dank«

Thora — *hebr.*, »Weisung«; die 5 Bücher Mose.

unkosher — nicht → kosher.

Zabar/Zabarit — *hebr. für:* Feigenkaktus, auch: *Sabre,* weibliche Form: *Zabarit,* Bezeichnung für die in Israel Geborenen, mit den Eigenschaften des Kaktus: süß und stachelig.

Danksagung

Besonderen Dank meinen Freunden:
Pamela Biermann, Renate Landgrebe, Moshe-Jona Hatzor in Tel-Aviv, dem verstorbenen Franz Hasslinger und Moritz Terfloth für kritisches Mitdenken.
Ebenso Regina Bartels für unermüdliche Geduld seit den handgeschriebenen Anfängen.
Und ganz besonderen Dank meinen Kollegen und langjährigen GRAS-»Geschwistern« für die seelische und geistige Unterstützung.